腹黒天使は
ネコ耳王子と恋に落ちるか

小中大豆

Splush文庫

contents

序

『悪魔の囁《ささや》き』という言葉があるように、人を堕落《だらく》へ促す誘惑は、甘美で抗いがたいものであるはずだ。——本来は。

「いい加減にしてよ！」

耳元で大声を出され、耳がキィンと痛くなった。しかし流可《るか》が思わず耳を押さえると、目の前の女性はますます目を吊り上げて怒りを強くする。

「バイト休めって、いつもいつも簡単に言うけどさ。じゃあ何？　私がクビになったら養ってくれるの？　あんたが金出してくれるわけ？　結婚してくれんの？」

いきなりまくしたてられて、流可はオロオロした。

「え、けっ、結婚？　いやあの……ただ美利《みり》ちゃんがいつも、バイト行きたくないなあって言うから……」

休んじゃえば、と言ったのだ。この美利というフリーターの女の子は、バイトを遅刻したりサボったりすることがよくあるので、流可にはなかなか美味《おい》しいターゲットだった。

今日もサボってくれないかな、と期待していつも通り声をかけたのに、急に怒り出してしまった。女性というのはよくわからない。

「そんなの、ただの愚痴《ぐち》に決まっててんでしょ。誰だって働きたくないんだよ。あんたみたいなニートとは違うの！」

場所は客で混み合うコーヒーショップで、大声で「ニート」と叫ばれるのはすごく恥ずかしい。

「お、俺、ニートじゃない」

ちゃんと立派に働いてる。どんな仕事かと聞かれたら、答えることはできないけど。プライドを刺激され、小さい声でボソボソ言い返していたら、「何ブツブツ言ってんの！」と、また怒鳴《どな》られた。

「そもそもあんた、あたしのことどう思ってるわけ？　付き合って一か月になるのにエッチはおろかキスもしないって、どういうこと？」

「え、えっ？　いや、エッ……なんて大声で言うの、良くないと思う、よ？」

周囲の人がみんな見ている。恥ずかしい。すごく恥ずかしい。それにどうしてこんなに彼女が怒っているのかわからない。どうすればいいんだろう。

「あーっ、もう！　イライラする！　ほんとあんたってサイテー。グズだし優柔不断だし、気が利かないし。ほんと顔だけだね。もう連絡してこないで」

じゃあ、と席を立ち、美利は去っていく。勢いに圧されて呆然としていた流可は、慌てて席を立って追いかけようとした。

だが腰を浮かしたその時、耳のピアスから、ポーン、と無機質なアラームが響いた。

——ナンバー××××〇九三を消失しました。登録を解除します。

——中途解除に伴うペナルティは、マイナス三万ポイントです。『流可』さんの、今月のポイントは、合計三万八千百一ポイントです。

同じく無機質な男性の声が、ピアスから発せられる。周りの人間には聞こえないこの声に、流可は青ざめた。

「マイナス三万……？」

もうすぐ月末。給料日だ。流可が従事している仕事では、ポイントに応じて給与が支払われる。完全歩合制なのである。

給与は、流可が現在居住している日本という国の通貨で支払われる。一ポイントにつき一円。三万八千百一円が現在の給与額というわけだ。

（今月も赤字だ）

三万八千円なんて、使用人の給料にもならない。家に帰ったら、また執事に小言を言われるだろう。想像して、胃がきゅうっと痛くなった。

（とりあえず、店を出よう）

これ以上、衆目に晒《さら》されるのは耐えられない。

（俺、どうしてこんなにいつも、女の子にフラれるんだろう）

美利から「顔だけ」と言われた通り、外見はいいと思う。ちょっとあまり男らしさはないけれど、綺麗だとか可愛《かわい》いだとか容貌に対する賛辞には欠いたことがない。濡れたような真っ黒な髪と、やや吊り気味の大きな瞳は、面食いの母を射止めた父親にそっくりなのだそうだ。

だから、顔は悪くない。それが証拠に、女の子はだいたい、流可のぎこちないナンパにも乗ってくれる。でもその後が続かない。

「はあ……」

ため息をつきながら、彼女が置いていったコーヒーカップと自分のカップを返却して、店の出口に向かった。

「……あ、お前っ」

これ以上、目立たないようにと思っていたのに、思わず大声を上げてしまった。店の出入口付近の席に、面識のある男の顔を見つけたからである。それは今、もっとも会いたくない男だった。

「亜門《あもん》！」

「やあ、流可」

金髪碧眼《へきがん》のキラキラした美貌の男が、見つかっちゃった、というように少し困った顔で微笑《ほほえ》んだ。

外見年齢は三十そこそこ。透けるような白い肌と、バシバシと長い金色のまつ毛が少女漫画の王子様のようだ。高級そうなスーツを隙なく身に纏《まと》っている。見上げるような長身で、手足も長い。おまけに、スーツの上からでもはっきりと胸の厚さや肩幅の広さがわかるほど、逞《たくま》しかった。

眩《まぶ》しいくらい完璧な美形だ。芸能人のようなオーラさえ放っていて、同じ店内にいたのに、今までその存在に気づかなかったのが不思議なくらいだった。

流可はあまり背が高くないし、身体つきだってひょろっとして痩《や》せ型だ。着ているものも、向こうがいつも高そうなスーツなのに対し、お金がない流可は量販店のパーカーとジーンズだった。なので、この男を見るといつもコンプレックスを刺激される。

そんな相手に、さっきの修羅場を見られてしまった。流可はカーッと自分の顔が熱くなるのを感じた。

「派手にケンカしてたよね。まあ彼女が怒るのも無理はないけど」

しかも亜門は、爽《さわ》やかな笑顔でしれっとそんなことを言う。向かいにいた亜門の連れの女性が「そうよね」と亜門に媚《こ》びるようにうなずいた。

彼も仕事中だったのだ。連れの女性は先ほどからずっと、熱っぽい目で亜門を見つめ続けていた。

「心からの言葉じゃないと、人には伝わらないよ」

亜門はにっこり微笑んでわかったようなことを言う。すごく胡散臭《うさんくさ》い。この偽善者が、と言いたくなるが、連れの女性はうっとりしながらうなずいた。

「亜門さんが真剣に向き合ってくれたから私、ここまで更生できたんだと思う」

「それは礼子《れいこ》さんが努力したからだよ。俺は手伝っただけ」

「ううん。亜門さんのおかげ。しかも、こんなに格安で請け負ってくれて。……でも、更生したらもう、亜門さんと会えないのかな？」

「うん。これは規則だからね」

女性が縋《すが》るような目をするのに、亜門はまるで気づいていないかのように、爽やかな微笑みを絶やさない。女性が失望するのが傍目《はため》にも見て取れた。

「でも私、また以前みたいにだらしない生活になったらどうしようって、不安なの」

「礼子さんはもう立ち直ってる。自信を持って。でも、もしもまた以前のようになりそうだったら、遠慮なくうちを頼ってほしい。いつでも支えになるから」

「……本当？」

「もちろんだよ。そのために、我々がいるんだから。だから、これでさよならじゃない」

女性は湧き上がる涙をぐっとこらえ、そんな自分に酔ったように笑顔を作った。

「ありがとう、亜門さん。しばらく頑張《がんば》ってみる」

立ち去るタイミングを逃していた流可の耳に、ピロリロリン、と軽快な電子音が聞こえる。流可のピアスから発せられるのではない。亜門の腕の高そうな時計から聞こえてくるのだ。

――更生番号JB―×××一〇一……更生完了。対象からただちに離脱してください。

――更生レベルC。更生保護官『亜門』への今回の成功報酬は、三十七万ポイントです。

三十七万、という数値に、流可は目を剝《む》いた。亜門がそれにちらりと目を向け、クソ爽やかに微笑む。人間である女性には聞こえていない。

「じゃあね、亜門さん。お元気で」

「礼子さんも」

女性は明らかに亜門への未練を残しながらも、健気《けなげ》な微笑みを浮かべて立ち上がる。亜門はそれを、変わらぬ微笑みで見送った。それからわざとらしく腕の時計を見て、流可に聞こえる声でつぶやく。

「一件完了。おっと、音声がオンのままだった」

流可がマイナス三万ポイントだったのに、亜門は三十七万も稼いだ。ポイントレートは、流可の所属機関と変わらないはずだ。

「く……」

「支援団体の体裁を整えてると、こうやって更生完了してからの後腐れが少ない。そこへいくと、イロコイ営業は大変だよね。流可も、俺のやり方を真似したら？」

「う、うるさいっ。この偽善者」

叫んで、流可は店を出た。悔しい、悔しい。

(この俺があんな……あんなヒラの更生保護官に負けるなんて)

あの男が来てから、仕事がうまくいかない。それ以前も決して順調だったわけではないけれど、あいつが現れてから目に見えて成績が落ち込んだ。

あの男、亜門のせいだと、流可は家に帰りながら八つ当たり気味に考える。執事に今日のことを言ったら、また小言を言われて、おこづかいを減らされる。

(そもそもどうして俺が、使用人にいちいちお伺いを立てて、おこづかいなんぞもらわなきゃならんのだ)

早く仕事を成功させて、故郷に帰りたい。悔しい。もどかしい。

「くそっ、俺は……」

声に出しそうになって、慌てて口をつぐんだ。心の中で続きを叫ぶ。

(俺は……この俺は、魔界のプリンスなのに！)

一

人間にはあまり知られていないが、この世には天使の住む天界や、悪魔の住む魔界というものが存在している。

人間の思い描くような万能の神はいないけれど、古来文献や口伝えにある通り、天使と悪魔は人間に常に干渉を続けていた。

別に、人間を正しく導きたいとか、逆に魂を奪いたいとかそういうわけではなくて、単なる天界と魔界との勢力争いだ。

遥か昔、天界の偽善ぶりとディストピア的な監視社会についていけなくなった一部の天使たちが別の時空へ移り、発展を遂げたのが現在の魔界である。

まあこれは、流可が教わった魔界側の言い分なので、実際の歴史はどうだかわからないのだが、ともかく魔界に降りた元天使たちは、長い年月の中で独自の発展を遂げ、悪魔の子孫やその下僕である妖魔たちを生み出し、今も繁栄を続けていた。

しかし天界と袂《たもと》を分かった魔界とは、どれだけ月日が経っても和解することはない。お互い、自らが正義で相手が悪だと断じ、相手を屈服させ支配するか、非を認めさせて隷属させることを使命としている。それを両者間の戦争ではなく、穏便な形で勝敗をつけようとしたのが、人間に対する干渉の始まりである。

自分たちに姿かたちのよく似た、短命で流されやすい種族の精神を、いかに己の種族に近づけられるか。

更生か堕落か。オセロの表裏のように人間の精神を翻《ひるがえ》させ、天界と魔界の影響力を計測する。これによって両者の優劣を判定し、より優れた方が正義だと主張しようとしたのである。

やがてこの競争は両者の外交によって共通の指針が定められ、現在のポイントシステムが導入されるに至った。

天界は更生保護官という職種を置き、常に決まった人数を人間界へ送り込んでいる。魔界はそれより管理が緩いので、人間界に赴《おもむ》くための決まった職種はない。ある程度の審査はあるが、申請をすれば大抵は誰もが人間界へ行くことができた。

流可も人間の暦でいう二年前に申請し、人間界の日本にやってきたのである。

人間は至るところに生息しているが、この日本は治安がいいので、他にも天使や魔族がわりとたくさん暮らしている。平和な場所の方が、仕事がしやすいのだ。

紛争地域にいる人間など生きるのに必死で、およそ人の心の善悪に構っている余裕がない。天使や魔族も弾丸や人々の襲撃をよけながら仕事をしなければならないし、やりにくいことこの上ないのだ。だから、世界人類が平和でありますように、というのは、天界と魔界の共通の願いだった。

日本はその点、とても仕事がしやすいと言われている。初心者向けだと言われて、流可は居住地をこの国に決めたのだった。

魔界ではアルバイトすらしたことのなかった流可にとって、異郷の地で初めて仕事をすることは、思った以上に大変だった。でも、やらなければならない。

よんどころない事情により、一億ポイント貯めなければ、魔界に帰れないのだ。

気の遠くなるようなポイント数だが、それでも流可は大手を振って魔界に帰るべく、頑張っていた。

付与されるポイントは、堕落させる対象がどの程度堕落したかによって決まる。非常に細かく項目が分かれていて、人間界に赴任する際に魔界から配布される、ナビゲーターシステムによって判定が行われていた。

ちなみにこのシステムは、条約によって天界と共通の仕様になっている。天界と魔界で多少のローカライズはされているが、公平を期するために基幹システムは変わらない。

堕落、または更生させる対象を決めたら、他の天使や魔族とバッティングしないよう、各ユーザがシステムに対して対象の登録申請を行う決まりだった。

誰かが担当している間、対象となったその人間は他の天使や魔族が手出しをできないルールだ。

どの程度、対象を堕落・更生させるか、レベルも設定できる。ただし、最初にあまり目標レベルを高く設定しすぎると、達成できずに対象が自分の意志で担当者から離れてしまうことがある。先ほど流可を怒鳴った美利がそれだ。

対象を喪失すると、レベルと攻略期間に応じたペナルティを受ける。そのため、自分でクリアできそうなレベルを見極めなければならなかった。

先ほどの美利には、遅刻と欠勤の常習でアルバイトを解雇されるまでを目標レベルとしていた。攻略途中も、三十分の遅刻のたびに五百ポイント、欠勤で三千ポイント、無断欠勤だと五千五百ポイント付与されるので、ちまちまと堕落させてはポイントを稼いでいた。

だがそうして稼いだポイントも、今日のペナルティですべて失ってしまった。

「それもこれも、あの男が来てからだ……」

天界から赴任してきた亜門が、流可の真裏のアパートに引っ越してきたのは、今から半年ほど前のこと。それから流可の近場にいるポイントを稼げそうなターゲットは軒並み、亜門に奪われるようになった。

奴は赴任して早々に、引きこもりや不登校など、社会生活に悩みを抱える人間に向けたNPO支援団体を創設し、割安な価格で人間を更生させるという手段を取り始めた。

雰囲気のいいサイトも作っていて、いいポイントになりそうな人間が向こうからやってくる。なかなかうまい手だ。だが真似するのは癪《しゃく》だし、それにNPO団体を作るとか、むずかしくて流可にはそもそも真似できそうにない。

ＮＰＯに相談に来る人間以外にも、周りにいる人間を低いレベルで対象に設定し、短期間で小さなポイントを稼いでいる。ポイントそのものは高くないが、亜門が担当している間は周りの天使や魔族は手を出せないので、小さなポイント目当ての流可は大いに迷惑していた。

恐らく、更生保護官の昇進査定が目的だろう。情報通な流可の執事から聞いた話によると、更生保護官は通常のポイントに加え、魔族の堕落をどれだけ防いだかも、内部の査定ポイントとなっているらしい。つまり、魔族の仕事を阻止すれば、出世に繋《つな》がるというわけだ。

魔界にはそうしたいやらしい査定システムはないので、魔族に生まれて良かった、と流可は思っている。

「本当に嫌な奴だよ、天使って」

家に帰り、手を洗ってうがいをすると、リビングに入って執事の姿がないのを確かめてから、ブツブツと愚痴を言った。

間続きのキッチンから、ひょっこりと大柄な男が顔を出す。

「お帰りなさいませ、流可様。おやつ食べますか」

「食べる、食べる。今日のおやつ、何？」

「おからのサーターアンダギーです」

「やった」

流可の好物だ。すぐに麦茶と、まだほっこり温かいサーターアンダギーが運ばれてきて、流可は嫌なことをしばし忘れた。

「ヴィクターの料理って最高」

「恐れ入ります」

ヴィクターは、流可の屋敷に仕える家政夫である。魔界から人間界に赴任する際、他の使用人と共に連れてきた。

彼は魔族ではなく、魔族に作り出された人造生命体だ。外見は人間と変わらない。大柄で逞しい体躯《たいく》を持ち、血の通わない身体ゆえに青ざめた肌をしている。表情も乏しく口数も少ないが、心はちゃんとある。

決して流可を馬鹿にしたりしないし、主人として流可を立ててくれる。何より家事は完璧だし、料理が美味しい。

「そういえば、他の二人は？」

そろそろ夕方だ。だいたいこの時間にはいつもいるはずの、残りの使用人の姿が見当たらない。

「ダミアン様はいつものように、ふらっとどこかに出かけられました。クーリン様は裏のアパートに……」

ヴィクターが言い終わる前に、玄関から「ただいま戻りました」と几帳面なクーリンの声が聞こえてきた。

足音が手洗いとうがいのために洗面所に消えて、やがてリビングに三十代とおぼしき黒髪の男性が現れる。

スーツ姿の生真面目そうな男は、流可の顔を見てもう一度「ただいま戻りました」と言ってから、するりと器用に元の姿に戻った。

背丈はヴィクターと同じくらい、がっしりとした体躯と犬の頭を持つ、クーリンは魔界の中位にいる妖魔、犬妖精《クー・シー》という種族である。

「おかえり、クーリン。裏のアパートって、家賃を取りに行ってたの？」

クーリンの手に見慣れた集金袋を見つけて、尋ねた。

「ええ。銀行に行くついでに、二〇三号室の山田さんちに。今月からこの日にしてほしいと言われまして」

流可の家は、裏手にアパートを一棟持っている。正しくはこの家の執事の所有物で、人間界に来る前に、執事がこの家とセットで手配したものだった。

流可様の稼ぐポイントだけでは、早晩食べるのに困りますから……と、執事自身の私財を日本円に替えて、不動産を購入してくれたのである。

当時は、大きなお世話だ、お前たち三人くらい俺が養ってやる、家くらい買ってやる、などと大口を叩いてしまったが、今では後悔している。

毎月の流可の家の赤字は、このアパートの家賃収入で補填《ほてん》されていた。というか、実は家計はすべてこの家賃に頼っている。

つまり今、流可は事実上、使用人である執事に養われているのだ。

(魔界のプリンスなのに……)

現状を直視すると、自己嫌悪にまみれて立ち直れなくなるので、このことはなるべく考えないようにしている。

「前から思ってたんだけど、なんで全員、振り込みとか自動引き落としにしないの？」

「山田さん、フリーのライターなんですよ。今は収入が不安定みたいだし、自落ちにしてら万が一、水道光熱費が払えなくなったら困るでしょう。振り込みは手数料がかかりますからね。それなら真裏なんですから、手渡しの方がいいですよ」

世知辛い話だが、ペナルティで三万ポイントを失った流可には、何だか身につまされる話だった。

「ああ、それとヴィクター。これ、お醤油《しょうゆ》。ついでに買ってきたよ」

クーリンがガサガサとスーパーの袋をヴィクターに渡す。

「すみません、クーリン様。買い物なんて私がしますのに」

「いいよいいよ、ついでだから」

ふーどっこらしょ、とジジ臭い掛け声をかけつつ、クーリンが流可の向かいのソファに腰を下ろした時、庭に面したリビングのサッシがひとりでにすらりと開き、ニャーッという猫の鳴き声と共に最後の一人が戻ってきた。

「流可様。あなたまた、仕事で失敗したそうですね」

怒った声で言いながら、キジトラの猫が庭からのっそりとリビングに上がってくる。

「うっ、なんでそれを……」

「なんでじゃありません。まったくもう、今月もぜんぜんポイントが貯まってないじゃないですか。ちょっとポイント帳を見せてごらんなさい」

ニャーニャーと口うるさいこの猫は、流可の家の執事、ダミアンだった。


いったい、我が家はご近所からどんなふうに思われているんだろう、と流可はたまに考える。

流可の日本での名前は、王家《おうけ》流可。苗字は執事のダミアンが勝手に考えた。

私鉄駅から徒歩五分の場所にあるこの家の玄関には、「王家」という表札が掛かっている。魔界の王家の出自だから王家。そのまんまで恥ずかしい。

住人は青白い顔をした三十男と、やっぱり三十代の生真面目そうな男、それと学校にいくでもなく、働いてる様子もない二十歳そこそこの美青年。それから猫一匹。

「ぜったい俺たち怪しまれてるよな。ご近所さんとか、アパートの店子《たなこ》さんから何か言われないの、クーリン」

「いいえ、特には。私は、不動産管理の仕事をしてると思われてるみたいですね。ヴィクターはご近所のオバサマたちに、在宅の仕事してますって言ってますし。ほら、家政夫だから。みんな王家って名乗ってるから、兄弟だと思われてるんじゃないですか」

「兄弟？　ぜんぜん似てないだろう」

「流可様、話をそらさない。クーリンも相手をしない！」

ソファでお茶をすすりながら与太話をする二人に、ダミアンはテーブルに肉球をダン、と叩きつけて怒った。いや、肉球なのでペタン、という音しかしないのだが。

しかし上司に怒られたクーリンは、すみません、と耳を水平に寝かせる。

「まったく嘆《なげ》かわしい。また女の子に逃げられてるじゃないですか。ぜんぜん成長していない。この二年間、何をやってたんですか」

ピアスのメモリをパソコンで呼び出しながら、ダミアンは猫の姿のままブツブツと文句を言う。

ダミアンは魔界の中位の妖魔、猫妖精《ケット・シー》である。犬妖精のクーリンと同じく、もとは二本足で立ち、二本の器用な手を持っているのだが、普段から猫の姿のままだ。たぶん、人にあれこれ指示して、自分は何もしたくないからだろう。

　気分を紛らわせるためか、キジトラの毛並みの尻の部分にある「666」に見える模様を、さっきからしきりとペロペロ舐《な》めている。彼の自称チャームポイントだ。

「ポイントで貯めた給料はほとんどすべて貯金してるというのに、この二年間で貯まったのはたったの九十五万。目標額は一億ですよ？　これじゃあ何万年経ったって魔界に戻れませんよ」

「でもさ、最近は亜門の奴が……」

「人のせいにしない」

「まあまあ、ダミアン様。流可様だって頑張ってるんですから」

　ダミアンの隣で様子を見ていたクーリンが、懸命になだめにかかる。

「流可様は生まれてから二百二十年、お屋敷で箱入りに育てられ、ずっとダラダラしてやりたいことしかやらない、引きこもりのニートだったんです。彼女はおろか、友達だって一人もいなかったんですよ？　対人スキルゼロというか、マイナスからの出発だったのに、そのわりにはよく稼げてるじゃないですか」

「クーリンお前、さりげなく俺をｄｉｓってるよな」

「え、ディス……？　ってなんですか」

「嘆かわしい」

ダミアンは悲痛な声で言い、大きなため息をついた。

「流可様。あなた様はいやしくも王子、それも魔界を統《す》べる我らが女王の、第一王子なのですよ。もっと自覚を持っていただかなくては」

「自覚なら持ってるよ」

「どうだか。ああ、猫妖精の血を引く流可様が魔界の王になられたら、我が一門も大いに繁栄すると期待しておりましたのに。ダミアンが生きている間は、もう魔界には戻れないかもしれません……」

「も、戻れるよ。すぐ戻れますっ。一億ポイントくらい、すぐ稼いでやる」

大口を叩いてみたが、自分でも一億稼ぐまでにどれほど時間がかかるのか、わからなかった。

目標額を稼がなくては、魔界に戻れない。流可も、その使用人のダミアンたちも。

ダミアンが言う通り、流可の母は悪魔の頂点に立ち、魔族を統べる魔界の女王だった。

流可は女王の第一王子で、本来ならば人間界でポイント稼ぎなどせず、母の跡を継ぐための帝王学を学んでいる年頃だった。

なのになぜ、第一王子が平民の魔族のように人間界でポイントを稼いでいるのか。それは、流可の出自に関係がある。

流可の父は、ダミアンと同じ猫妖精である。だが父は流可が生まれる前に出奔《しゅっぽん》してしまったので、その顔すら知らない。母はまだ即位する前、女王になって私生活を縛られるのが嫌で、逃げるようにあちこち遊び歩いていた。そんな時、父と出会ったのだという。

面食いの母は父に一目ぼれして関係を持ち、そして飽きっぽい彼女はすぐに父と別れた。捨てられた父は失恋の痛手から立ち直れず、家を出て放浪の身となったのだとか。詳しい話は流可も知らない。

二人が別れたのちに妊娠が発覚し、母は流可を産んだ。

魔界では婚姻関係にとらわれず、自由恋愛が主流なので、王家の跡継ぎが未婚のまま王子を産んでも、特に問題はない。今も母には決まった配偶者はおらず、たくさんの愛人を持っている。

第一王子として、流可は生まれた頃からそれなりに大事にされてきた。執事のダミアンと、専属ボディガードであるクーリンに育てられ、料理長のヴィクターの美味しい料理を毎日食べて、その他、屋敷にいるたくさんの使用人に可愛がられて育った。

しかし、女王の長子、跡継ぎ候補としての、流可に対する世間の目は厳しかった。

魔界では、その種族によってはっきりとした身分差があったからである。

天界から堕天した元天使の末裔《まつえい》、堕天使、つまり悪魔たちが貴族として支配階級に君臨し、彼らが生み出し使役する妖魔たちが中流下流の種族として階級を下支えしている。

悪魔貴族の中でも、その血筋によって公爵、侯爵、子爵など爵位が定められているが、平民である妖魔にも種族によってはっきりとした階級ができていた。

自由恋愛を好む魔族は、異種族間で交わって子を生すこともままあるが、生まれた子供の階級は、たいてい低い方に引っ張られた。

流可の父である、猫妖精は妖魔でも中位の種族だ。上位妖魔には、より強い魔力を持つ吸血鬼や人狼がいる。

中位は上位の妖魔には決して魔力では勝つことができない。種族によって、生まれ持つ魔力が圧倒的に違うのである。ましてや妖魔と、その主たる悪魔との間では、人間と蟻《あり》くらいの力の差がある。

悪魔の王族として絶対的な力を誇る母と、それに比べてアリンコくらいの力しか持たない猫妖精の父。つまりその間に生まれた流可は、魔界の王となるには非常に微妙な存在なのだった。

魔力がまったくないわけではないけど、すごくあるわけでもない。

それでも流可は、ずっと自分が次代の王だと信じていた。何しろ女王の長子だし、屋敷ではちやほや甘やかされて育っていたからである。

現実を見ていなかった。いや、何となく薄々わかっていたけれど、直視しないようにしていた。

流可が生まれた後、母は観念したのか、先代の跡を継いで女王になり、それから次々に子供を産んだ。

今では女王は、流可を含めて九十九人の子供を持つ。ビッ〇ダディも真っ青な大家族だ。もっとも、女王は直接育児にはかかわらず、それぞれの子供に屋敷と使用人を持たせて育てさせるので、兄弟間に家族という感覚はないのだが。

女王の九十九人の子供の中には、妖魔の子もいれば、悪魔貴族の血を引く子もいた。父親の位が最も高いのは、公爵家の血を引く十三番目の子供。次いで五十三番目の子は侯爵位を持ち、貴族の子供がその他、三十人ばかりいる。

血筋からいえば、流可は下から数えた方が早かった。そして王家の世継ぎは、王によって指名される。

――どうやら女王は、五十三番目の子供を跡継ぎに推しているらしい。

ある時、そんな噂《うわさ》が魔界に流れた。これに対し、他の子供たちの多くが、自分こそが世継ぎなのではないかと反発した。流可もその一人だ。

自分は誰あろう、女王の第一王子である。魔界で長子制度は主流ではないけれど、でもやっぱり、一番目の王子といったら、一番に跡を継ぐ権利があるのではないだろうか。

「流可、お前が次代の王に？」

直談判しに行った流可に、母である女王は心底驚いた顔をしてから、やがてププッと噴き出した。

「いやいや、ムリムリ。お前みたいな、すっとぼけた奴には絶対ムリ。資質ゼロ。魔王ナメんじゃないわよ」

「ひ、ひどい」

仮にも長子なのに。食い下がる流可に、女王はそこでちょっと思案してから言った。

「そこまで言うなら、具体的に魔王の資質があることを証明してみせなさい」

「それは、どうやって……」

「人間界に降りて人を堕落させ、一億ポイント稼いだら、お前を次代の王と認めます。ただし達成するまで魔界に戻ることは許しません。世間知らずのお前に耐えられるかしら」

ここまで言えば諦めるだろう、という態度が見え見えで、ムッとした流可は即座にその条件を呑んでしまった。

一億ポイント稼げば、流可は魔界の王になれる。稼げなければ魔界に帰れない。

だからそれまで彼女はおろか友達もいなかった対人スキルゼロの流可が、毎日懸命に、人間と接触して堕落させることを試みているのである。

「しかしまあ、あれですね。裏の亜門さん。人のせいにするのは良くないですけど、やっぱり亜門さんが来てから、流可様の成績はジリジリ落ちてますね。ジリ貧ですね」

散歩から戻ってきたダミアンに一時間ほどくどくど説教された後、みんなで夕食を食べて、それからリビングで緊急会議が開かれた。

今月のポイントが三万八千ちょっとだということが、みんなにバレてしまったのである。このままでは本当にヤバい。永遠にポイントが貯まらないかもしれない。

ダミアンはじめ使用人たちはそんな危機感を覚えたようで、四人の知恵を絞って対策を練ることにしたのだった。

流可のピアスから対象の情報がすべてプリントアウトされ、テーブルに並べられている。ポイントの月次計を読んでいたクーリンが、半年前からの変化を指摘した。

「だろ、だろ？　あいつが来たせいで、細かい案件がこっちに回ってこなくなったんだよ」

それまで流可は、女性をナンパしてイロコイ営業で堕落させるほか、近所の小中学生をそそのかして駄菓子屋で買い食いさせるとか、細かいポイントを必死で広い集めていた。

塵《ちり》も積もれば何とやら、それなりの稼ぎになっていたのに、奴が引っ越してきてからというもの、ご近所の子供たちが次々と道草を食わない良い子になっている。町内がみんな良い子ばっかりなんて、気持ち悪いではないか。

「だいたい、なんで天使なんてうちのアパートに入れたんだよ。魔族が経営するアパートに入ってくる、あいつもあいつだけどさ」

そうなのだ。亜門は半年前から裏のアパートに入居している。天使が越してきたと聞いた時はびっくりしたが、もう契約書も交わして、引っ越しもすっかり終えた後だった。

「でも亜門さん、二〇八号室に入ってくれてますもんね」

「正直、流可様が稼ぐお給料より、あそこの家賃の方が高いんですよ」

クーリンが言えば、ダミアンが賛同する。どっちの味方なのだと問い質《ただ》したくなる。

裏のアパートは基本的に単身者向けの1DKだが、二〇八号室だけ3LDKになっている。元のオーナーが住んでいたらしく、半端に広くて家賃も高いので、一度空室になってから借り手がついていなかった。

そこに単身の亜門が入居したのである。相当稼いでいるのだろう。だったら駅前の小《こ》洒落《じゃれ》たデザイナーズマンションにでも行けばいいのに。

「亜門さんのことは置いといて。本当に何か打開策を練らないと、今のままじゃ一億貯まりませんよ」

ダミアンからビシッと肉球を突きつけられ、流可は言葉に詰まった。

「お、俺だって考えてるんだよ」

「たとえば？」

「亜門みたいに、NPO団体立ち上げるとか」

「NPO？　何のNPO？」

「え、いや……あ、じゃあ、ホストクラブ入ろうかな。ほら、男爵んちの次男坊、あいつ人間界に来て、今はホストやってるんだって。女の子をどんどん堕落させてるって。街でナンパするより、店にいる方が成功率高そうっていうか」

「女子にさんざんフラれてるあなたが、ホストで成功するわけないでしょう」

「じゃあ、どうすりゃいいんだよ！」

逆ギレすると、ダミアンははあっと盛大なため息をついた。

「えっと、女性じゃなくて男性を相手にするとか」

クーリンが控えめに手を挙げて発言する。流可はゾッとして、「やだよ！」と即座に叫んだ。

「男って、すぐエッチなことに持っていこうとするんだ。前に声かけて、さんざんな目に遭ったんだからな。もう絶対やだ」

人間はヘテロが圧倒的に多いので、通常は女性ばかり相手にしているが、人間界に来た頃は男性にも声をかけていた。

女性の時よりなぜか成功率が高いのだが、いかんせん、男は下半身が先行する。

数回デートしただけで押し倒されそうになったり、ひどい時は声をかけただけで暗がりに連れ込まれて犯されそうになった。

　きっと、流可がいかにもひ弱そうだから、簡単にやれると思ってるのだろう。

「俺は前も後ろも童貞なんだ。人間なんかにやられてたまるか」

「威張《いば》って言うことじゃないでしょ。そんなこと言って、魔界に帰るまでに貞操を死守してたら、死ぬまで童貞処女ですよ」

　ダミアンが恐ろしいことを言う。だがこれという知恵もなく、三人はソファの上でため息をついた。

「……あの。人間が嫌なら、天使はダメでしょうか」

　お茶のお替わりを持ってきたヴィクターが、そろそろと控えめに発言した。

「たとえば裏の亜門さんとか。流可様とも仲が良ろしいようですし」

「仲良くなんかない」

　ムッとして言い返すと、ヴィクターが「申し訳ございません」と恐縮するので怒れなくなった。

「なるほど、天使か。天使を堕落させたら、ポイントが高いですよね」

　しかしクーリンは、妙案を聞いたというように目を輝かせた。ダミアンが目の前にあるパソコンのキーボードを肉球で器用に打つ。

「……亜門さんは、中級天使ですよね。二百三十五歳。元は下級天使ですが、この若さで中級にまで出世してます。ヒラ天使の中ではエリート中のエリートですよ。このエリート中級天使の更生保護官を堕落させた場合のポイントは……」

タタタ、ターンッ、と勢いよくエンターキーを押し、出てきた結果に「むむ」と唸《うな》った。

「肉欲に溺《おぼ》れさせた場合、一回につき百万ポイント」

いきなりの高額ポイントに、クーリンとヴィクターは、おおっとどよめいた。流可だけが青ざめている。

「に、肉欲ってつまり、え……エッチをするってことだろ。一回ってキスだけじゃないよな？　その、せせ、セッ……を」

「セックスくらい口ごもらずに言ってくださいよ。小学生ですか。そうですよ。色仕掛けで迫ってムラムラさせて、亜門さんに自分のケツを掘らせるか、亜門さんに犯してくださいって言わせて彼のケツを掘るんですよ」

「だ、ダミアン。キジトラ猫の姿でそういう卑猥《ひわい》なこと言わないで」

執事にペラペラと卑猥な言葉をまくしたてられ、流可は思わず涙目になった。

「でも、流可様に色仕掛けなんてできますかね。しかも一億稼ぐには、百回やらないといけないんですよ。百回引き止めておけるほど床上手でないと」

「亜門さんの方が、経験値ありそうですね」

「それは絶対そうだよね。今時は、どの更生保護官も枕営業してるっていうし……」

クーリンとヴィクターが、気がかりそうにボソボソ囁き合っている。言い返してやりたいが、言葉が見つからない。

「ちなみに天使からキスをさせたら一万。物を貢がせたら、その価格に応じたポイントが付与されます。ブランド物の鞄を貢がせたら三十万くらいゲットできますよ。それでも一億にはほど遠い。ですが……」

言いながらダミアンは、またもやタタタターンッ、とキーボードをむやみに強打した。

「中級天使の更生保護官を堕天させた場合、その報酬は八千五百万ポイント」

「は、八千五百万？」

「上級天使なら、一発で二億ポイントだったんですがね」

されど八千五百万。残り一千五百万。セックス十五回分だ。

「でも、堕天て具体的にどうすれば」

堕天とは、天使を堕落させて天界から追放させることだが、どういう場合に追放されるのかわからない。まさかそんな高等技術を使うなんて思わないから、勉強してこなかった。

「ずばり、天使を惚れさせるんです」

「惚れさせる」

「最初は身体からでも構いません。十五回セックスさせてる間に、奴をメロメロの骨抜きにさせる」

「メロメロ……骨抜き……？」

「天使が、心からあなたを愛するように仕向けるのですよ。『もう俺にはお前しか見えない。天使なんて身分はいらない。何もかも捨ててお前について行くぜ』などと言わせて、魔界に連れて来られれば堕天完了です」

「むずかしいな」

即答した。どう考えてもあの、いつも流可を小馬鹿にしたいけすかない亜門が、骨抜きのメロメロになるとは思えない。

「むずかしくてもやるんです」

焦れたようにダミアンは叫んだ。

「この人間界で、うだつが上がらないまま永遠に彷徨《さまよ》うか、一億ポイント貯めて大手を振って魔界に帰るか。ここが正念場なのです。一度くらい、死ぬ気でやり遂げてみなさい！」

いつになく真剣なキジトラ執事の言葉は、流可の心にも響いた。

このままでは確かに、いつまで経っても魔界に帰れない。無理とか言ってる場合ではない。無理でも不可能でも、やるしかないのだ。

昼間見た、亜門の無駄に爽やかな美貌を思い出す。流可が女の子にフラれたのを見て、笑っていた。笑った上に、ダメ出しまでした。ちょっとくらい男前でハイスペックだからって、いつもいつもスパダリぶりやがって。

「亜門、許すまじ」

己を奮い立たせ、闘志を燃やした。クーリンとヴィクターは心配そうだったが、ダミアンはそんな流可を鼓舞するように肉球で拍手した。

「流可様は、魔界の女王と我らが誇り高き猫妖精が混血した素晴らしき悪魔。その高貴なる美貌と猫妖精の愛くるしい魅力で、天使を貶《おとし》めるのです！」

「お……おぉ、ぅ！」

興奮したようなダミアンの言葉に、流可もつられて拳《こぶし》を掲げた。

やるしかない。どうすればいいのかまったくわからないが、とにかくやるしかない。

亜門を惚れさせる。あのいけすかない天使をひざまずかせ、俺にはお前しかいないと縋らせるのだ。顔を歪ませて自分に縋る亜門の姿を想像すると、背筋がゾクゾク震えた。

(面白いかも)

やってやろうではないか。生まれて初めて悪魔っぽい顔をして、流可は亜門を堕天させることを心に誓うのだった。

打倒、天使。亜門をひざまずかせてやる。

などと決意したものの、対人スキルがマイナス値の流可には、具体的に何をどうすればいいのかさっぱりわからなかった。

二

「日本に広く流布している資料によりますと、平日の朝、トーストをくわえて『遅刻、遅刻』と叫びながら家の角を曲がると、意中の人と遭遇して恋が芽生えると言います」

「マジか。っていうか、トーストくわえてるのにどうやって叫ぶんだよ」

クーリンが資料とやらを読みながら教えてくれたが、難易度が高い。

それでも翌朝からしばらく、トーストを口にくわえながら近所をぐるぐる回ってみたが、亜門と顔を合わせることはなかった。そして「遅刻、遅刻」と叫ぶと、どうしてもくわえたトーストを落としてしまう。

早々に諦めたら、「情けない!」と、ダミアンに猫パンチされた。

「そんな堪え性のないことでどうするんです。あなたは魔界の王になるんですよ。とにかく、何がなんでも亜門さんに接触しなさい。それまで、おこづかいなしですからね」

「えっ、そんな」

人間界ではお金がなければ何も買えないのに。

「それが嫌なら、とっとと行動しなさい」

厳しい口調で言われ、流可はすごすごと家を出た。

とにかく、亜門に接触しなければ始まらない。彼と喋ったり行動を共にしたりして、どうにかエッチな雰囲気に持っていかなければ。

流可はとりあえず、裏手のアパートに向かった。時刻は午前九時。これまでは、もっと早い時間にトーストをくわえながらアパートの周りを回ったが、亜門は出てこなかった。おそらくまだ、家にいるのだろう。

（いいご身分だよな。俺なんか朝六時に起こされて、家の手伝いさせられてるのに）

働かざる者食うべからず。ほぼ無収入の奴がデカい顔をするな、というのがダミアンの主張で、流可は人間界に来てからというもの、庭の草むしりやらゴミ捨て、掃除などを手伝わされている。魔界のプリンスなのに。

おかげで、魔界では傷一つなかったすべすべの手が、細かい傷や手荒れで汚くなっている。王子の指先とは思えない、まるで使用人のそれだ。流可は自分の手を見るたびに、今の境遇を思って悲しくなるのだった。

（こんな弱気じゃだめだ。俺は亜門を落とすんだからな）

自らを奮い立たせ、電柱の陰に隠れて亜門が部屋から出てくるのを窺った。

ひたすら待ち続け、亜門がようやく部屋から顔を出したのは十一時過ぎだった。いつものように隙のないスーツ姿で、革製のビジネスバッグを手にしている。アパートの外階段を下りると、足早に駅の方角へ歩き出した。

（ど、どうしよう）

とりあえず待ち伏せしたものの、どう接触していいのかわからない。迷っているうちに見失いそうになり、慌てて追いかけた。

亜門は駅前のロータリーまで行くと、迷いなくコーヒーショップへ入った。先日、流可がターゲットの女性にフラれ、亜門に目撃されたあの店だ。

公衆の面前で赤っ恥を掻かされた。店員は覚えているかもしれない。中に入るのは勇気がいったが、ここでウロウロしているのもまた怪しい。仕方なく、亜門から少し遅れて店内に入った。

亜門はどうやら、ターゲットと待ち合わせていたらしい。奥の席にいた若い女性と礼儀正しい挨拶を交わして、何やら話し始めた。

流可は一番安いブレンドコーヒーを買って、少し離れた席に座る。亜門がどうやってターゲットを丸め込んで更生させているのか、興味があったのだが、流可の席からは何を喋っているのかまるで聞こえなかった。

ただ女性は、終始熱っぽい眼差しを亜門に向けていた。亜門が何か喋るたびに大袈裟に感心し、かと思うと前のめりになってしきりに語っていることもある。

（うーん、さっぱりわからん）

どんな会話をしているのか気になったが、いくら耳をそばだてても聞こえない。

二人は一時間ほど話を続け、席を立った。そのまま店を出たので、流可も後を追った。

駅前のロータリーで、二人は「それではまた来週」などと挨拶をしていた。女性は名残惜しそうだ。亜門と別れて駅とは反対方面へ向かいながら、何度も振り返って亜門にお辞儀をしていた。

女性が角を曲がって姿が見えなくなると、亜門は愛想のいい笑顔をさっと消す。それからおもむろに腕の時計を見た。無機質な女性の声が時計から聞こえてくる。

――更生番号JB―×××一三一……更生中。更生完了まであと三十五パーセント。前回の更生進捗《しんちょく》との差分が十パーセントを超えたため、中途ポイントが支払われます。

――更生保護官『亜門』への今回の成功報酬は、二万三千ポイントです。対象への干渉を継続してください。

「ぐぬぬぬぬ……」

コーヒーショップの看板に隠れていた流可は、嫉妬《しっと》にギリギリと歯ぎしりした。更生や堕落の途中でも、進捗によってはポイントが支払われる。逆に後退した場合はマイナスポイントになるのだが、亜門はきっちり稼いでいるようだ。

女性は亜門に首ったけな様子だったし、あの分では更生が完了する日も近いだろう。いったい、どうやればあんなふうにサクサク成功するのか。

「俺はこれから、電車に乗りたいんだけど」

亜門のそんな声が聞こえて、ほう電車に乗るのか、と隠れていた看板から顔を出した。

「ひっ」

「君、まだ尾行するつもり？」

いつの間にか目の前に、亜門が立っていた。

「な、なんで……俺の完璧な尾行が……」

「アパート出たあたりから、バレバレだったよ」

呆れたように言われるのが屈辱だった。この男は流可に気づいていたのに、気づかぬふりで泳がせていたのだ。

「それで何か用かな。君が俺に接触してくるんだから、何かあるんでしょ？」

唐突に核心に触れられて焦った。確かに用がある。接触できたらいいと思っていたが、まだ何の口実も考えていないのだ。

「ふ、ふん。別に、用というほどでもないけどな」

「そう？　じゃあ俺、次に行くから」

無駄に虚勢を張った途端、亜門があっさり身を翻したので、流可は慌てた。

「ま、待て！　せっかちな奴だな。用はある！」

「忙しいんで、手短にお願いできるかな」

「えっ？　えっと、あのですね」

意図せず敬語になりながら、必死で考えた。この機を逃せば、再び亜門と接触するのはむずかしい。ずっとおこづかいゼロだ。

「俺、ここんとこ仕事がうまくいってなくて」

「このところというより、ずっと前からうまくいってないみたいだけど」

「う、うるさいっ。嫌みな野郎だな！　……あ、いやっ、じゃなくてですね、クーリンには、対人スキルがマイナスって言われてて。ムカつくけどその通りなんだ」

「クーリンて、あのシュッとした真面目そうな人？　いつもおっとりしてて、魔族にしてはいい人そうだけど。彼が言うんだから、よっぽどなんだな」

「ぐ……。わ、わかってる。だから、どうにかしたいんだ。そこでですね、亜門……さんに、人心掌握術をご教示願いたくて」

「キャラが安定してないみたいだけど、言いたいことはわかった。でもそれ、敵である俺が答える義理は、まったくないよね」

それはその通りだ。接触する口実にならない。流可は自分の頭の悪さに、我ながらがっかりした。

「でもまあ、基礎的なことなら、教えないでもないけど」

「ほ、本当に？」

「ごく基礎的なことだよ。君のところのクーリンさんには、越してきた時からお世話になってるし、あと、ヴィクターさんだっけ？　庭で作った野菜とか果物をくれるんだよね」

なんと、我が家の使用人たちは、主人の流可が知らない間に天使とご近所付き合いをしていたらしい。魔族と天使がそんなに緩い関係でいいのかと思わないでもないが、おかげで流可はうまく亜門と接触することができた。これでおこづかいがもらえる。

それに、亜門から人間の心を掌握する術《すべ》を教えてもらえる。

人心を掌握するという点では、天使も悪魔も共通している。やり手のエリート天使の仕事術を参考にすれば、もしかしたら自分も仕事がうまくいくかもしれない。

そうすれば、そもそも無理に亜門にケツを貸したり、亜門のケツを掘ったりと、ハードルの高い行為をしなくてもすむのだ。

「よろしくお願いします」

喜びのあまり、ぺこっと頭を下げると、亜門はちょっと驚いた顔をした。

教えを乞う相手には礼を失さないように、という、幼い頃からダミアンに躾《しつ》けられていたのがついつい出てしまったのだが、悪魔が天使に向ける対応としては不適切だっただろうか。

だがともかく、第一段階はクリアした。

（ククク……見てろよ亜門。お前から教わったスキルで、お前より稼いでやるからな）

当初の目的を忘れ、うまくいったとその時の流可はほくそ笑んだのだった。


「ダメダメ。もうまったくダメ。何もかもが壊滅的にダメだよ、流可。対人スキルがマイナス値っていうクーリンさんの意見は辛らつでもなんでもなかったね」

何度もダメを繰り返されて、それまで落ち込んでいた流可はとうとうキレた。

「ダメって何度も言うな。俺だって一生懸命やってるんだ」

流可は亜門に教えを乞うべく、共に電車に乗り都心に出ていた。

日本一人が集まる、という場所の繁華街で亜門に言われた通り、キャッチと呼ばれるナンパのようなことをしているのだが、二時間やって成功率はゼロ。

最初は余裕の素振りでアドバイスをしていた亜門も、しまいにはウンザリしていた。

「ナンパしろって言ったのに、なんで怒らせてるの？」

「だ、だって。さっきの女、お茶するのにどこそこの店じゃないと嫌とか言うから。俺、今おこづかいなくて、そんなに高いお茶代払えないし……」

そうでなくても、贅沢《ぜいたく》をするなとダミアンに言われている。だからしょうがないだろ、と開き直って言うと、亜門は深い深いため息をついた。

「休憩しよう。俺も二時間見守って、疲れたよ」

心の底からうんざりした声で言われて、ちょっと傷ついた。しょんぼりと亜門の後ろをついて歩く。しかし、亜門がカフェに入ろうとするので慌てた。

「あ、あの、公園行かないか？　俺が缶コーヒー奢《おご》るから」

入口に置かれたメニューボードを見ると、コーヒー一杯がびっくりするような高さだった。流可の財布の中身は、帰りの電車賃を除けば缶コーヒー一本を買うのがやっとのお金しか残っていない。

亜門にあれこれ教えてもらっておいて、何もお礼をしないわけにはいかない。せめて缶コーヒーくらい、と思っていたのだが。

「は？　嫌だよ。お茶くらい落ち着いて飲みたい」

にべもなく返されてしまった。さっさとカフェに入ろうとする。

「じゃあ俺、ここで待ってる」

「どうして？　この店が気に入らなかった？」

「そうじゃない。ごめん、お金なくて」

今は教えを乞うているとはいえ、敵である天使にこんなことを言うのは、惨《みじ》めだった。

恥ずかしさと屈辱にうつむいていると、亜門はまたため息をついた。

「お茶くらい奢るよ。ついでに何か食べよう。昼ご飯も食べてなかったね」

「ほ、ほんと？」

実を言えばお腹が減っていたのだ。現金にもパッと顔を明るくすると、亜門はその美貌に意地の悪い笑みを浮かべた。

「もちろん。何でも好きなものをどうぞ。君とは稼ぎが違うからね」

遠慮せず食べなね、と言われた。腹が立つし、一言多い。そして何も言い返せない自分が悔しい。

（いっぱい食べてやる）

カフェはコンクリートと木材を合わせた、何やらお洒落な店だった。奥のソファ席に座った流可は、写真付きの美味しそうなメニューを見て目を輝かせた。

「一番高いハーブティーと、サンドイッチと、あとパンケーキとエッグベネディクトのセットと……」

値段はどれも割高だが、食べたいものを片っ端から頼む。きっとすごい金額になるはずだ。青ざめるがよい、と内心でほくそ笑みながら向かいの亜門を見たが、彼は呆れた顔をしているだけだった。この程度、稼ぎまくってるエリートリーマンには痛くも痒《かゆ》くもないのか。軽い敗北感の後、亜門がさらに追い打ちをかけてきた。

「しかし、それにしてもひどいな。君の仕事ぶりは。というか、対人スキルのなさは。君、魔界の女王の長男なんだよね？　もしかしてこの情報、間違ってる？」

流可が亜門に対し、魔界のプリンスだと名乗ったことはない。だが流可が次期魔界の王を目指して人間界に降りたことは、魔界では有名だったし、天界にも噂が伝わっていたとしてもおかしくはない。

「間違ってない。俺は女王の第一王子だ。そして次期魔王候補でもある」

本来ならば、亜門のような中級天使などが顔を拝めないほど高貴な立場なのだ。ふんぞり返って言ったが、亜門の反応は薄く、「やっぱりそうか」とうなずくだけだった。

いや、「次期魔王候補」と言った時に、ちょっと馬鹿にしたように口の端が笑った気がする。気のせいかもしれないが。

「次期魔王候補なら、それなりの教育を受けてるんじゃないの？　人間界にいる魔界貴族なんて、社交スキル高い奴ばかりだよ。中には例外もいるけどさ」

不思議そうに言われて、流可は言葉に詰まった。

「帝王学は……受けてない。他にも候補がいるし。それに俺の父親は、貴族じゃないから」

女王の子供たちは皆、その教育を父方の生家にゆだねられる。これが女の王ではなく男の王ならば、生母の家にゆだねられることになる。

つまり王の子といえども、生育環境はもう片方の親次第、というのが魔界の王族の通例なのだった。よって、父親の身分が高いほど、あるいは裕福であるほど、高い教育を受けることができる。

流可の父は、猫妖精の中では身分の高い方だが、それでも、ものすごく高い、というわけではなかった。代々、貴族の家令を輩出しているダミアンの家柄より劣っているのだ。

特段に裕福というわけでもなく、また肝心の父が出奔してしまったため、流可の育った屋敷は女王が用意して、生活費も女王から出ていたらしい。第一子だからというのもあるだろう。これがもっと後にできた子供だったら、あるいは産み捨てられて知らんぷりされていたかもしれない。

「家庭教師は付いてたけど、屋敷からほとんど出たことなかったから、あまり社交界とか行ったことない」

社交界は貴族たちのための場所だ。貴族ではない、中位の猫妖精の血を引く流可は、女王の第一子でありながら、彼らの嘲笑《ちょうしょう》の的だった。外に出て貴族たちから馬鹿にされるのが嫌で、流可はほとんど屋敷に引きこもりっぱなしだったのだ。

「ふうん。何だか複雑そうだね。王子も大変なんだな」

すべてを話したわけではなかったが、流可の態度や口調から屈託を感じたのか、亜門はそれ以上は触れず、端的に結論をつけた。

「じゃあ、俺がさっき言った、『友達にするみたいに』とか『好きな人の顔を思い浮かべて』って言葉は、アドバイスにはならなかったんだね。友達も恋人もいないんじゃ、わかるはずないな」

「失礼な奴だな。俺だって友達や恋人の一人や二人……」

「いるの？」

ストレートに尋ねられて、咄嗟《とっさ》に嘘がつけなかった。ぐっと言葉に詰まると、亜門は
「だよね」とうなずいた。

ちょうどその時、頼んでいた食事と飲み物が運ばれてきたので、流可は言い返すこともできずに押し黙るしかなかった。そして美味しそうなサンドイッチやパンケーキを前に出されると、怒りや屈辱も忘れてしまう。

「どうぞ、召し上がれ」

ごくっと生唾を飲み込んだ流可に、亜門は綺麗に微笑む。

「いただきます！」

腹が空ききっていたので、夢中で食べた。サンドイッチもパンケーキも美味しくて、あっという間に平らげてしまう。

亜門はその間、優雅な手つきでパスタを口に運んでいた。下級天使の出身だそうだが、その所作は上品で、流可よりよほど貴族的な雰囲気を醸《かも》している。

「お前、もとは下級天使なんだろ？　なのにやけに行儀がいいよな。貴族っぽいっていう

か」

何気なく流可が口にした言葉に、亜門の彫像のような頬が一瞬、ぴくりと痙攣《けいれん》した。だがそれは一度きりで、また何事もなかったようにパスタを器用に巻いて口に運ぶ。

「それはどうも。これでも苦労したからね」

天界には、天使たちを統べる大天使のほか、上級から下級まで等級を持った天使たちがいる。だが上級も下級も、持って生まれた力に特段の違いはないのだそうだ。

だから仕事で有能ぶりを発揮すれば、等級を上げることもできる。ただし天使たちは魔族以上に階級意識と差別意識が強いから、出る杭は即座に打たれるだろう。

打たれても打たれてもめげずに突出し続けた者だけが、出世できる。シビアな世界なのだという。これは、ダミアンの受け売りだが。

だとすれば亜門は、中級に上がるまでに本当に相当な苦労をしているはずだ。目の前の澄ました美貌を見ていると、上へ行こうとしゃにむにあがく姿など、想像もつかない。

「君も、とても魔界の王族とは思えないね。行儀も悪い」

ちらりと、冷たい視線が流可の食べ散らかした皿に注がれる。お腹が空いていて、ついガツガツしてしまった。

「う、うるさい」

流可だって、礼儀作法くらい仕込まれている。ただ長らく引きこもりで、人前で食事をする機会もなかったから、忘れがちなだけだ。

「女子にはマイナスなんだけどな、食べ方が汚いところ」

「う」

もしかして今までも、そのせいで女の子から幻滅されていたのだろうか。流可は反省して、ナプキンでそっと口元を拭った。

「ま、いいんだけどね。君はそれ以前の問題だし」

亜門はそっと息を吐く。

「二百年以上、引きニートで、恋人も友達もいない。もしかして、誰かを好きになったこともないんじゃない？」

「馬鹿にするな。それくらい……」

と言ってはみたものの、図星だったので声は自然に小さくなった。

「今まで、家の人としか接してこなかったんだろう？　友達もいたことないのに、いきなり俺のやり方を真似しようとしても無理だよ」

「でも、じゃあどうすればいいんだ」

一億ポイント稼がないと、魔界に戻れない。

「まずは家の外で対人関係を作ること。ポイント稼ぎのための、付け焼刃の関係じゃなくてね」

「対人関係……」

「友達とか、あるいは恋人とか。恋人のほうがより密接で、いろいろなことが学べていいんじゃないかな。君、顔だけはいいから、その気になれば相手はすぐに見つかると思うよ」

恋人ってどうやって作るのだろう。恋人ができたら、今より仕事がうまくいくのだろうか。考え込む流可の前で、亜門は「それじゃあ」と、伝票を持って立ち上がった。

「もう一通り教えたし、アドバイスもした。あとは自分でどうにかして」

驚く流可にそう言い置いて、身を翻す。

「あ、待って」

急いで残りのお茶を飲み干し、亜門の後を追った。

「亜門」

店を出たところで追いついたけれど、亜門はちらりとこちらを一瞥《いちべつ》したきり、速度を緩めず歩き続けた。もうこれきり、ということなのだろう。

彼の仕事のやり方は教えてもらったし、アドバイスもしてくれた。お茶と食事まで奢ってもらって、亜門としてはこれ以上、流可に何かをする義理はない。

ないのだが、何か大事なことを忘れている気がする。そもそも自分は、何のためにこうして亜門にくっついているんだったか。はてさて、と考えたところでようやく思い出した。

(そうだ俺、亜門を惚れさせなきゃいけないんだ)

亜門の仕事のやり方を知って、ポイントを稼げるようになればその必要もない、と思っていたのだが、ナンパがことごとく失敗した上に、亜門から今のままでは無理だとダメ出しを受けた。

やはり亜門といかがわしい関係になるしかないのか。それとも、亜門のアドバイス通り恋人を作るべきか。

（んん？　ということは、亜門と付き合うべきなのか？）

亜門と付き合って惚れさせれば、八千五百万ポイントが貯まる。そして、恋人を作ることで対人スキルが向上すると亜門が言っていた。たとえ亜門を落とせなくても、仕事の効率が上がって今よりポイントが稼げるようになるのではないか。

さらには、おこづかいゼロも撤回される。これはやはり、何としてでも亜門と恋人になるべきだろう。

「あ……亜門。待ってくれ」

足早に歩いて距離を開いていく亜門の背中に、流可は咄嗟に縋りついた。

「何だい？　もう、アドバイスはしないよ」

露骨に鬱陶《うっとう》しそうな顔をされたが、そんなことで怯んでいる場合ではない。流可がいるのは崖っぷちで、ここが正念場なのだ。

「そうじゃなくて。俺、お前と付き合ってやってもいいぞ」

焦るあまり、高飛車に言い放ってしまった。即座に「はあっ？」と苛立った声が返ってくる。失敗した。

「あ、いや、ごめん。そうじゃなくて、あの……俺と付き合って……俺の、恋人になってください！」

大声で叫んで頭を下げた。周りの通行人がこちらを振り返るのが見えたが、気にしている余裕もない。ちらりと顔を上げて窺うと、亜門が軽く眉をひそめていた。

「それは、何の冗談かな。さっき俺が、恋人を作れって言ったから？　だからってその気もない相手に、ちょっと安直すぎない？」

「冗談なんかじゃない。あと、その気もなくはないっていうか……」

こういう場合は、どう言えばいいのだろう。そもそも対人スキルゼロなのだから、わかるはずもない。それでも、ない頭を必死でフル回転させた。

「お前に言われて、恋人を作りたいって思ったのは確かだ。でも、誰でもいいわけじゃないだろ。俺だって好みがあるしさ。亜門のことは初めて見た時からいいなって思ってたような、思ってなかったような……気がしなくなくもないんだ。それにお前は、カッコいいし美形だし、俺の知らないこと何でも知ってる。だからつまり……そう、お前は俺にとって理想の恋人なんだよ！」

繁華街の真ん中で熱く叫ぶ流可を、相変わらず通行人が珍しそうに振り返っては見ていた。亜門はわずかに目を瞠《みは》り、流可を見つめている。やがてシパシパと、気を取り直すように何度も瞬《まばた》きした。

「俺が理想の相手だから、付き合いたいの？」

「え、はい。まあ、そうです」

ストレートに聞かれて、思わず敬語になった。

「別に、俺が好きってわけじゃないんだよね」

「う……いや、それは。これから好きになる予定っていうか。でもさ、世の中のカップルすべてが、最初から好き合って付き合うわけじゃないだろ。俺にとって亜門は、好きになれそうな相手なんだ。俺はお前と付き合いたい。付き合ってくれたら損はさせない……と思う、たぶん。お前だって、仕事ばっかりじゃ毎日味気ないんじゃないか。俺と付き合えば、私生活に潤いが出るぞ。俺、頑張るから。何を頑張るのかわからないけど、とにかく頑張るから。だから——どうか俺と付き合ってください」

流可なりに、精いっぱいポジティブな言葉を並べ立てた。どうかお願いします、と再び頭を下げたけれど、返事はすぐに返ってこなかった。

「だ、ダメかな」

ちらりと相手を窺う。亜門は無表情にこちらを見下ろしていた。その目が冷ややかで、ビクッとする。

「――いいよ」

断られる、と覚悟した時、予想外の返答をもらったので驚いた。亜門はにっこりと、その美貌に張り付いたような笑みを浮かべる。

「えっ」

「俺たち、付き合おう。恋人として。確かに俺も、仕事仕事じゃ生活に潤いがないしね。流可は対人スキルが学べて、俺は私生活が充実する。一石二鳥だね」

最後には目元を優しく綻《ほころ》ばせて言った。そんな柔らかな笑顔を向けられるのは初めてで、流可は思わずどきりとする。

「お、おう」

「じゃあ今から、君と俺は恋人同士だ」

握手を求めるように、手を差し伸べられる。その手を取ると、不意に引き寄せられ、額に軽くキスをされた。

「へ、な……」

突然のスキンシップに、流可は呆然と立ちすくむ。亜門はその反応を楽しむように、笑みを深めた。

「今日からよろしく、流可」

囁く声音は甘やかで、なのになぜかその時、流可は嫌な予感を覚えたのだった。

三

家に帰って亜門の件を報告してからの、使用人たちの喜びようといったらなかった。

「さすが流可様！　流可様はやればできる子だと思っていましたよ」

ダミアンなど、すでに一億ポイント貯まったかのように高揚していて、流可の方が戸惑っていた。

「今日の夕飯は、流可様の好きなものばかりにしましたからね」

ヴィクターが料理の腕を振るい、クーリンは駅前でケーキまで買ってきてくれた。使用人たちはみんな、昨日までのローテンションが嘘のように嬉しそうだ。

始終、良かった良かったと言いながら、夕飯を終え、食後はリビングでクーリンの買ったケーキをみんなで食べた。

「一日であの亜門さんと恋人になるまでこぎつけるとは。これなら、魔界の王になる日もそう遠くないかもしれませんねえ」

ノートパソコンのキーを肉球で軽快に叩きつつ、ダミアンは夢見心地で言う。使用人たちが過剰にもてはやすので、逆に流可は冷静になってしまった。

「いや……どうだろ。まだ付き合うって言っただけだし、好き合ってるわけじゃないし」

今日から恋人とは言われたが、亜門は流可に恋心を抱いているわけではない。亜門の心を落とさなくては、八千五百万ポイントはもらえない。

しかし果たして、あの男が自分などに落ちるのだろうか。悪魔の誘惑よりも甘美に、そして慣れた様子でキスをした亜門の顔を思い出すと、言い知れぬ不安を覚える。

「なんの。近づいてしまえば、こっちのものです。流可様の魅力に逆らえる者などおりませんよ」

自信なげにする流可とは反対に、ダミアンは根拠のない確信を持っていた。

「流可様はコミュ障だし、お世辞にも頭がいいとは言い難いし、根性もない、残念な美形の代名詞みたいですけど」

「おい」

「でも、そばにいれば必ず、流可様の可愛らしさに気づくはずです。外見だけではない、内面の愛くるしさに」

ダミアンが言えば、クーリンも「そうですよ」と相槌《あいづち》を打つ。

「馬鹿な子ほど可愛いっていうじゃないですか」

「お前らな」

けなされているのか褒められているのか微妙なところだが、彼らを魔界に帰すためにも、これから頑張らなければならない。

「でも、これだけは気をつけてくださいね、流可様」

ダミアンが、不意に声のトーンを落として言った。

「亜門さんはきっと流可様の魅力にメロメロになるでしょうが、あなたまで亜門さんを好きになってはいけませんよ。これはあくまで、ポイントを稼ぐための仕事なんですから」

「当然だろ。俺があいつに惚れるわけがない」

「油断は禁物ですよ。あなた、根が素直っていうか流されやすいですし。言うまでもありませんが、天使との恋愛は、我が魔界ではご法度《はっと》です。最悪の場合は極刑ですから」

「わかってるって」

魔界では、人間との恋愛が比較的自由なのに対して、天使との恋愛は固く禁じられている。天使を堕落の対象とする場合、その手段として疑似恋愛をすることは許されているが、本当に愛してしまった場合、極刑か、あるいは魔界を永久追放となる。

もっとも、更生や堕落のポイントは対象者の言動によって判定されるから、たとえ天使や魔族が対象になっても、はっきり言葉や態度で示さない限り、更生、堕落が完了したとは認められない。罰せられるとわかっているのに、好きだと叫ぶ馬鹿はいないだろう。

ちなみに、システムのデータベースは堅牢なセキュリティに守られている。ユーザも自身の対象者データに対するアクセス権限しか持たないので、他ユーザが誰をターゲットにしているのかは照会不能だ。流可が亜門をターゲットにしたことを、システムから亜門に知られる心配はない。

ただし、天界でも魔族との恋愛は禁じられているから、亜門も一筋縄ではいかないはずだ。先ほど彼が恋人として付き合おうと言ったのも、もちろん本気ではない。

流可は対人スキル向上のため、亜門は私生活に潤いを持たせるため。互いの利益を得るために、疑似恋愛をしようと言ったのだ。

それを、本当に本気にさせなければならない。とんとん拍子に話は進んだものの、目標に辿り着くのはとてつもなく困難な気がする。それでも、やるしかないのだが。

「流可様、通信繋がりましたよ。はい、ピアス」

「あ、ああ。ありがと」

流可がいつも身に着けているピアスは今、専用デバイスを通してダミアンが操作するノートパソコンと繋がっている。流可は魚の形をした小皿型のデバイスから、赤く点滅するピアスを取って耳に着けた。

ピアスの表面をダブルタップすると、軽い電子音に続いて音声が聞こえてきた。

――こちらは、天魔界共有機構です。これより魔界ポイントの、対象者登録を行います。

――ナンバーT×××〇九四。対象者名・亜門。種別＝中級天使。職業＝更生保護官。

――なお、天魔界共有機構の利用者を対象とするため、これよりナビゲーターの音声機能をオフにします。進捗状況は別端末にて、任意に照会してください。

ナビゲーターの音声は、人間には聞こえないが、その場にいる天使と魔族の耳には届いてしまう。流可は天使を対象にするのは初めてだが、どうやら対象が天使や魔族の場合、対象者にもナビゲーションが聞こえる懸念があるため、つねに音声はオフモードになるようだった。

「了解」

応えると同時に、ピアスを再度ダブルタップする。ポーン、という電子音がした。

――対象が登録されました。これより、対象の堕落を遂行してください。……音声ナビゲーターを終了します。

それきり、ピアスから声は聞こえなくなった。ダミアンが肉球でポン、とキーボードを打つと、ノートパソコンに堕落対象の案内画面が表示される。

今後はこうして、ピアス以外の端末で確認しなければならない。だが今までのように、ちまちまとポイントを稼ぐわけではないから、今のところ特に不自由はない。

「よし。これから亜門の心を堕落させる。一億ポイント貯めて、次期魔王として魔界に凱《がい》旋《せん》してやるからな」

おおっ、と使用人たちがまたどよめいて、大袈裟に拍手する。とにかく、この期待に応えなければ。

とはいえ、相変わらず無策な流可なのだった。

これからどうしたものか。亜門と晴れて恋人となった翌朝、悩みながら玄関の掃き掃除をしていたら、当の亜門が訪ねて来たのでびっくりした。

「おはよう。お手伝い？　えらいね」

小さな子供を褒めるような口調で言って、優しく微笑む。昨日も思ったが、付き合おうと言い始めた瞬間から、この男の表情が変わった。

今まで馬鹿にした笑いしか見せなかったのに、これが恋人効果だろうか。

「な、何か用。俺、忙しいんだけど」

何となく照れくさくて、ぷいっとそっぽを向いてぶっきらぼうな態度を取ってしまった。それからすぐ、自分の失敗に気づく。

せっかく恋人になれたのに、相手に嫌われたら元も子もない。まだ照れ臭かったけれど、急いで亜門に向き直った。

「……あの。ちょっとなら時間がある、けど」

クスッと笑い声が聞こえて顔を上げると、亜門は怒った様子もなく、相変わらず甘い微笑みを浮かべていた。

「よかった。一緒に出かけようと思って、誘いに来たんだ」

「出かける？」

「そう。せっかく恋人になったんだから、まずはデートしなきゃ」

相手からデートに誘われるのは、初めての経験だった。いつも流可が必死にターゲットのご機嫌を取って、デートに誘うのが常だったのだ。こういう時、女の子はなんて答えていたっけ。

「デート。今、デートって言いました？」

流可が答えるより前に、二人の足元で声が聞こえた。見下ろすと、いつの間にかキジトラの姿のダミアンがそこにいた。亜門は喋る猫に戸惑った顔を見せる。

「えっと……？」

「ダミアンです。王家の執事をしております」

「今はこんな姿だけど、猫妖精なんだ」

流可が説明すると、亜門は納得して「初めまして」と笑顔をダミアンに向けた。ダミアンもまた、慇懃《いんぎん》に頭を下げる。

「いつも、うちの主人がお世話になっております。ところで流可様、デートに行かれるなら、その普段着を着替えませんと」

「え？　別に、このままでも」

ジーンズとパーカーだ。お洒落ではないが、そこまでひどい恰好ではない。そもそも、いつもこんな服で女の子と出かけている。

「いけませんよ！　亜門さん、しばしお待ちくださいませ」

しかしダミアンは強く主張し、流可を家の中に連れて行った。

「俺、まだ玄関の掃き掃除が残ってるんだけど」

「それより、亜門さんが最優先ですよ。だからほら、顔を洗って着替えて。ああもう、髪もボサボサじゃないですか。そんなんじゃ、殿方のハートは射止められませんよ」

家の中に入るなり、ダミアンは早口にまくしたて、ヴィクターとクーリンを呼ぶと流可の着替えを持ってこさせたり、髪をセットさせたりした。

身体にぴったりのカットソーと、色落ちしていないスキニーなジーンズ。人間界に来た時に、ダミアンに買ってもらったものだ。髪の毛はヴィクターが水で濡らして丁寧にブローしてくれた。

ダミアンはスタイリングされた流可を上から下までチェックすると、デートに使いなさいと言って臨時のおこづかいをくれた。

「亜門さんのことだから、ぜんぶ自分で出してくれるでしょうが、出してもらって当然、という態度を取ってはいけませんよ」

「それくらい、わかってるよ」

昨日、奢ってもらったが、それは流可にお金がなかったからだ。

「どうだか。まあいいでしょう。流可様に腹芸は無理でしょうから、そのままぶつかってもらいましょう。あ、あと、安易にセックスはしないように。焦らされた方が、相手は燃えますからね」

「安易になんかするわけないだろ。っていうか、なんでこんなにしてくれるんだよ」

今まで、流可が仕事に行く時におこづかいなんてくれたことはなかったし、アドバイスもされなかった。今回に限ってどうして、至れり尽くせりなのか。不思議に思って尋ねると、ダミアンは「当然でしょう」と言った。

「今までのターゲットとはわけが違います。一発逆転のチャンスなんですから」

高額ポイントの亜門だから、というわけだ。クーリンとヴィクターもいつになく、キラキラした目で見送ってくれた。

「我々も応援してます。頑張ってください、流可様」

「夕飯には、流可様の好きなゴーヤチャンプルを作っておきますからね。あ、でも外泊する場合は気にしなくて結構です」

「う、うん。ありがとう」

「ご武運を！」

使用人たちから盛大に見送られ、玄関を出る。亜門が変わらぬ様子で待っていた。ずいぶん待たせてしまった。

「ごめん、時間がかかった」

「大丈夫だよ。こっちこそ、急に誘ってごめん」

絶対に怒っているか、ムッとしているだろうと覚悟していたのに、亜門はニコニコしている。これがターゲットの女の子だったら、ふざけるなとそっぽを向かれているところだ。

「ああ、そっちの方がいいね。いつもよりもっと、可愛くなった」

怒るどころか、目を細めてそんなことを言う。さらに亜門は、恥ずかしくて赤面している流可の腰を、さりげない仕草で抱き寄せた。

「な、なにすんだ」

「あれ、ダメだった？　恋人だから」

「あ……歩きにくいんだよ」

女の子とだって、手を繋いで歩いたことがないのに。腰なんて抱かれて歩いた日には、羞恥《しゅうち》で爆発しそうだ。

流可がやや乱暴に振り払うと、亜門は「そうか、ごめんね」と少し残念そうに謝った。

「デートの行き先、どこか行きたいところはある？　ないなら、映画なんかどうかな。面白そうなアクション映画がやってるんだ」

デートのプランなんて考えていなかったから、亜門の提案に飛びついた。映画のタイトルを聞くと、流可がテレビの宣伝で見て、面白そうだと思っていたハリウッド映画だった。

「亜門にしては、なかなかセンスがいいな」

にわかに楽しみになってきたが、口をついて出たのはそんな憎まれ口だった。ああまたやってしまった、と自己嫌悪に陥る。亜門も「それはどうも」と苦笑した。

「じゃあ行こうか。映画の後はランチにしよう」

しかし、やはり気分を害した様子はなく、流可と一定の距離を置いて歩き出した。

行き先は私鉄沿線のシネコンだった。チケットもドリンクも、それに流可がちょっと食べたいなと心の中で思っていたポップコーンも、亜門が買ってくれた。

「俺も半分払うよ」

流可が財布を取り出す暇もなく、欲しいものが用意されている。亜門のスマートさに驚きながらも、ダミアンに忠告されたことを思い出して言った。しかし亜門は、いいんだよと笑顔で固辞する。

「初めてのデートは、俺にエスコートさせて」

「でも」

「というか、俺の方が稼いでるから。マイナス三万ポイントの流可に割り勘なんてさせられないよ」

最後はちょっと、意地悪く言う。そんなところはいつもの亜門で、流可はムッとしながらもホッとするという、よくわからない気持ちになった。

「次のデートは、俺が払うからな」

買ってもらった飲み物を受け取りながらぶっきらぼうに告げると、亜門はくすっと笑って「ありがとう」と言った。

映画はとても面白かった。スクリーンを出ても興奮冷めやらず、すると亜門はパンフレットを買ってくれた。映画の後は、これも亜門の選んだカフェレストランでランチをした。メイン料理の他、ケーキと紅茶が美味しい店だそうで、流可が好きそうなメニューがあるから、この店を選んだらしい。

「俺の好みなんて、どうしてわかったんだ」

席に着いて注文を終えると、流可は疑問に思っていたことを口にした。

流可は食の好みなど伝えたことはない。なのに、店の雰囲気もメニューも流可の好みにぴったりだ。

「昨日、二人でカフェに入ったでしょ。そこから何となく」

それでおおよその好みを推測したという。あれ一度きりで、よくわかったものだ。

「常に相手を見ていれば、ある程度はわかるものだけどね。あとは経験。流可は、女の子とのデートの時は、どうしてるの？」

「え、どうって。女の子に聞いたりして、適当に」

そもそも、デートに行くほど仲を深められる機会は少ない。どうにかデートまでこぎつけた場合でも、女の子のご機嫌を窺ったり、行きたい場所を聞いているうちに相手の機嫌を損ねたりしてしまうのだ。

いったい、自分の言動の何がそんなに不興を買うのか、いまだに流可はわからない。

「俺が勝手に決めると怒るから、何がしたいのか相手にいろいろ聞くんだ。でも何度も聞いてるうちにだんだん不機嫌になる。女って本当によくわからないよ」

思い出してつい、愚痴を言った。

「その女の子たちはたぶん、自分から何も言わなくても、流可に察してほしかったんじゃないかな。ときどき聞かれるのはいいけど、行動するたびにどうしたいか聞かれたくないんだよ」

「なんだそれ。言わずに理解しろっていうのか？　俺は人の心なんて読めないぞ」

他人の心を読むなんて、流可の母である女王だってすぐにはできないことだ。特別な道具を使ってはじめてできる、高等魔術なのに。

流可が文句を言うと、亜門は笑った。

「俺だってそんな力はないよ。相手の行動を読んで先回りしろって意味。でも実際はむずかしいよね。長年連れ添ってる夫婦だって言葉がないとわからないのに、昨日今日知り合った相手の心を推し量るなんてさ」

「でも、お前はできるんだな」

実際に、亜門はここに来るまで何度も先回りして、流可を楽しませた。そう、悔しいけれど、このデートは楽しい。何か言う前に亜門が察してやってくれるので、楽ちん、という意味もある。

きっと今まで流可をフった女の子も、こういうことを望んでいたのだろう。

「まあ、流可にはむずかしいかもね」

あっさり言われて、ムッとした。

「だって流可は、正真正銘の王子様だろう。自分からお伺いを立てるんじゃなくて、立てられる方だったんだからさ。相手の顔色を見て判断するなんて、すぐには無理だよ。むしろ、芸風を変えるべきだと思うけどね。素のままのツンデレでいいんじゃない？」

「俺はツンデレなんかじゃない」

即座に抗議をしたら、「いやいや」と苦笑いされた。

「さっき、君を迎えに行った時も思ったけど、ダミアンさんたちに可愛がられて育ったんだよね。君は、媚びへつらうのに慣れてないんだ。失敗するのは当たり前。だから、君はそのままでいいんだよ」

そのままでいいなんて、初めて言われた。ダミアンにはいつも、今のままではいつまで経っても魔界に帰れませんよ、と小言を言われるのに。

「そ、そうなのかな。俺、自分でもいろいろ考えてやってるつもりだったんだけど、なかなかポイントが貯まらなくて」

今まで、自分はダメな奴だと落ち込んでばかりいたけれど、やり方を変えればうまくいくんだろうか。

「流可はせっかく綺麗な顔をしてるんだから、無理にへつらわなくても大丈夫だよ」

大丈夫。肯定的な言葉に、魔界を出て以来、自分の中で小さく縮こまっていたものが、するりとほどけるような気がした。

「流可はもう少し、自信を持ってもいいと思うよ」

「うん……」

ありがとう、と言いそうになって口ごもる。亜門に礼を言うのは気恥ずかしい。けれど、流可は昼ご飯を食べながら何度も、心の中で彼の言葉を反芻《はんすう》した。

それから話題は別の事柄に移ったが、亜門は話題が豊富な上に話し上手、聞き上手で、流可はいつの間にか話に夢中になっていた。

(こいつ、やっぱりすごい奴なんだな)

更生保護官として稼いでいるだけのことはある。昼ご飯を終えて店を出る頃には、流可はすっかり感心してしまっていた。

「そろそろ帰ろうか」

だから亜門がそう言った時、流可は内心でがっかりしたのだ。「もう?」という心の声は、うっかり外に出てしまっていたらしい。

「急な誘いだったし、初デートであちこち引きずり回したら、君も疲れちゃうからね」

優しい声で諭《さと》すように言われ、家の前まで送ってくれた。

「じゃあまた。連絡するね」

「うん。あの今日は……ありがとう。いろいろ」

照れずに、お礼くらいはきちんと言うべきだ。そう思い、口ごもりながらも礼を言った。

「わりと、すごく楽しかった」

「それは良かった。俺も楽しめたよ」

「本当に?」

デートをして、楽しかったなんて言われたのも、初めてだった。思わず相手の顔を窺うと、亜門は優しく「もちろん」と微笑んだ。

じわりと喜びが込み上げる。お世辞かもしれないけど、嬉しい。

「あ、ありがと。お前、天使なのにいい奴だな」

ライバルに仕事のアドバイスまでして、励ましてくれる。亜門にメリットなんかないはずなのに。

ちょっと感動して、流可はそっぽを向いてぼそりと言った。

途端に、ため息が返ってくる。視線を戻すと、亜門は唇の端を歪めて笑っていた。

「流可、君……」

それは今までの微苦笑とは異なる、どこか苛立ったような笑いだった。

思いもよらず冷たい目で見下ろされ、流可はオロオロした。何か、怒らせるようなことを言ってしまったのだろうか。

「え、あの」

せっかく楽しいと言ってくれたのに、最後の最後で失敗をしたらしい。

「ごめ……ぃひゃっ」

よくわからないまま、謝罪の言葉を口にしかけたら、いきなり亜門の手が伸びてきて鼻をつままれた。それも思いきり強く。手はすぐに離れたが、痛かった。

「何するんだよ！」

涙目になって抗議したが、亜門は無表情に、

「急に捻《ひね》りたくなった」

「な、な……」

なんだこいつ。捻りたくなったから捻るなんて、サイコパスか。

やっぱりいい奴ではないのかな、と不審の目で見ると、亜門はにこっとまた優しい笑顔に戻った。それから何事もなかったかのように、「ごめん、ごめん」と謝る。

「痛かった？」

「痛いに決まってるだろ。乱暴にしやがって」

ブツブツ文句を言ったら、また「ごめんね」と謝られた。それから不意に近づいてきたかと思うと、こちらが構える間もなく鼻の頭にキスをされる。

「おま……」

驚いて口をパクパクさせるだけの流可に、亜門はくすりと笑って、今度は唇にちょん、と触れるだけのキスをした。

「本当に今日は楽しかったよ、流可。またデートしようね」

そうして底意の探れない張り付いた笑みを残し、踵《きびす》を返して去っていく。ちらりとも振り返らない男の後姿を眺めながら流可は、

「何なんだ」

呆然とつぶやいた。わけがわからない。亜門はいい奴なのか、それともやっぱり、いけ好かない奴なのか。どうにも釈然としないまま玄関のドアを開くと、使用人たちがドタバタと揃《そろ》って出迎えた。

「お帰りなさい。デートはいかがでしたか？」

三人とも、目をキラキラさせている。その顔には『八千五百万ポイント』と書いてあるような気がした。みんな、亜門を落として魔界に帰れることを期待しているのだ。

「いかがって、別に。映画行って、食事しただけ。……あと、軽くキ、キ」

「なるほど。初デートはキス止まり、しかもこの時間の帰宅とは、さすが亜門さんですね。敵もさるものというわけだ」

キスさえ口ごもる流可だが、今日のダミアンは怒らなかった。一人で納得したようにうなずき、お疲れ様でしたと労《ねぎら》ってくれた。

「ちょっとピアスを貸してごらんなさい。今日のポイントを見てみましょう」

リビングへ行くと、ヴィクターがお茶を淹《い》れてくれて、それを飲んでいる間にダミアンがパソコンでピアスのポイントを確認する。

肉球でタタタ、とキーボードを弾くと、ダミアンは満足そうな声を上げた。

「ふむ、初日にしては上出来」

それに「どれどれ」とクーリンやヴィクターも集まってくる。流可もディスプレイを覗いた。

「物品を貢がせた合計が六千八百五十ポイント。映画館のポップコーンは三割だけ亜門さんが食べたので、七割掛けのポイントになってます」

「細かいな」

「キスの二万ポイントを入れて、合計で二万六千八百五十ポイント」

鼻の頭へのキスでも、一万ポイントもらえるらしい。ポイント数を聞いて、おおー、とクーリンとヴィクターが拍手をした。

「やりましたね、流可様。初日でこれなら、ケツを掘ったり掘られたりする日も、そう遠くはありませんよ！」

「さらっと破廉恥《はれんち》なことを言うな」

はしゃぐクーリンに文句を言ったが、流可自身もこの数値に驚きを隠せない。ペナルティで三万ポイント払ったことはあったが、一日でこれだけ稼いだのは初めてだった。

「でも、最終目標は亜門を惚れさせることだろ？　俺、なんか最後にあいつを怒らせたみたいだし……」

またデートしようね、と言ってくれたけれど、本当はもう二度とごめんだと思っているかもしれない。

しかし、流可が不安を吐露した直後、尻ポケットのスマートフォンからピロリン、と軽快な電子音がした。

取り出して確認すると、亜門からだった。今日は楽しかった、という言葉と、次のデートはいつにするかと具体的な日を伺う内容だった。

「ふんふん、『流可はお酒が飲める？　もし大丈夫なら夜のデートも』ですか。いいですね。お酒を差しつ差されつ、ぐっと仲も深まって、デートの後は掘ったり掘られたり」

ダミアンが素早くソファの背もたれに飛び乗って、内容を勝手にチェックする。

「ちょ、人のスマホを横から見るな。掘るって言うな」

「良かったですね。亜門さん、ちっとも怒ってないじゃないですか」

「うん……」

じゃあさっきのあれは、何だったのだろう。こちらを見下ろす目が冷たくて、怖かった。

「この調子で、これから頑張りましょう！」

「あ、ああ」

ともかく、使用人たちが喜んでいる。理由のわからないことを考えても、仕方がない。

(初日から高ポイントなんだし。これからガンガン稼いで、魔界に帰らなくちゃ)

言い聞かせ、流可は亜門の態度について、それ以上考えるのをやめた。


二回目のデートは、夜の水族館だった。ライトダウンされた夜の館内は、イルミネーションがほどこされ、幻想的でロマンチックだった。

水族館を回った後は、併設されたアクアリウムレストランで酒と食事を楽しむ。ちょっと大人のデートだった。

流可は楽しみながらも、今日こそキス以上のこともしちゃうのでは、と内心、戦々恐々としていたのだが、食事を終えるとあっさり帰された。

家まで送ってくれて、おやすみなさいと唇が触れるだけのキスをして、その日のポイントは三万百五十ポイント。

三度目のデートは、亜門がどこからか車を出してきて、ちょっと遠出をした。郊外の牧場でヤギに餌《えさ》をやったり、馬に乗ったり、牧場のレストランで美味しいチーズフォンデュを堪能したり。

一日遊び倒して、しかし夜にはやっぱり帰された。触れるだけのキスを二回ばかりして、五万五千八十三ポイント。

四度目は、亜門の仕事前に地元のコーヒーショップで軽く会ってお喋りをしただけだった。コーヒーとサンドイッチを奢ってもらい、仕事に行ってくるねと頬にキスをされ、一万八百三十ポイント。

「悪くはないんですけどねえ」

四度目のデートの後、ピアスのデータを確認しながら、ダミアンが言った。

「今月だけでもう、十万ポイントを超えています。今までの流可様の成績から考えれば、これは快挙ですよ。でもねえ、毎回あっさりキスだけって」

「亜門さん、ムッツリっぽいから、ドライブに行けばもっとエッチなことを仕掛けてくると思ってたんですけどねえ」

横からデータを覗いて、クーリンもうなずく。もっとエッチなことってなんだよ、とぼやいたが、流可もこれからどうするべきか迷っていた。

恋人になった亜門は非常に紳士的で、毎回、魔法かと思うくらい上手にスマートに、流可をエスコートしてくれる。居心地がいいし楽しいが、これでいいのかなと思ってしまう。あまりに流可ばかり、得している気がするのだ。流可が話したいだけ話して、美味しいものをご馳走してもらって、ぬくぬくいい思いをしてデートが終わる。

デートの終わりに、亜門は必ず「楽しかったよ」と言うけれど、果たして本当に楽しんでいるのだろうか。そもそも、恋人ってこういうものなのか。

亜門を惚れさせなければならないのに、彼の本心がよくわからない。

「恋愛偏差値ゼロの流可様に合わせてくれてるんでしょうねえ。でもこれじゃあ、いつまで経ってもエッチに辿り着けません。流可様の方で、もっとぐいぐい距離を縮めないと」

ダミアンが言い、それから家内でああだこうだと協議をした結果、五回目は流可から提案する形で、夜のドライブデートになった。

デートの当日、夜の八時頃に亜門が迎えに来てくれた。

「夜分にすみませんねえ、亜門さん。夜間ドライブなんて、うちの流可様がわがままを言いまして」

流可と共に出迎えたダミアンが、肉球をモミモミと揉み手しながら言う。二本足でへつらうキジトラの猫に、亜門はにっこりと爽やかな笑みを返した。

「とんでもない。流可が希望を言ってくれて嬉しいよ。いつも俺が連れ回してるから。それに、恋人のわがままを聞くのも楽しいし」

最後は流可に向けて言う。甘く見つめられ、何だかソワソワした。隣ではダミアンが、流可にだけ聞こえるような小声で「んーん、百点の回答ですねえ」とつぶやいた。

「あ、流可様。これ、お夜食です。あと眠気覚ましのコーヒー」

ヴィクターが、サンドイッチの包みやコーヒーのポットを持たせてくれた。

「ありがとう。あ、チョコクッキーもある」

「焼きたてですよ」

「亜門さん。念のため、こちらの緊急用のベルもお持ちください。万が一、事故や事件に遭われた場合は、これをポチッと押してくだされば、私が現場に急行しますので」

クーリンが車を運転する亜門に、ベルを渡していた。こちらの方がJ○Fより早いのだ。

「ありがとう。じゃあ、流可をお預かりします」

「帰りの時間は気にしなくていいですからね」

ダミアンが最後にそんなことを口にする。流可は、余計なことを言うなと睨《にら》んだ。三人とも、今夜ついに流可がエッチに至るのではと期待満々なのだ。

隣でクスッと笑う声がして振り返ると、亜門が助手席のドアを開けてくれていた。

「あ、ありがと」

助手席に乗り込み、使用人たちに見送られながら車は発進した。

「あいつら、うるさくてごめんな」

車が出てしばらくは無言だった。おずおずと口を開くと、亜門は前を見たまま、「いいんじゃゃない？」と言った。

「三人とも、流可が可愛くてしょうがないみたいだね」

「うーん、どうだろう」

八千五百万ポイントに繋がるエッチを期待してのことなのだが、さすがにそれは口に出せない。ゴニョゴニョとごまかした。

「まあ、ダミアンは親代わりだし、三人とも家族みたいなものだけど」

「そうか、女王とはさすがに一緒には暮らさないか。魔界の王族って、父方に育てられるんじゃなかったっけ。お父さんは？」

「父親は、俺が生まれる前から行方不明。だから、父と同じ種族のダミアンに育てられたんだ」

答えながら、そういえば恋人になってから、こういう話をするのは初めてだったなと思い出した。特に避けていたわけではないが、お互いにあまり出自の話はしてこなかった。

「亜門は？　家族はどうしてるんだ」

天使たちは頑《かたく》なに認めようとしないらしいが、天使もやっぱり、人間や魔族と同様、エッチをしないと子供はできない。どんな天使にも親がいるわけだ。

「――家族？　家族なんていないよ」

しかし、亜門は素っ気ない口調で言いきった。冷たいとさえ感じる声に、流可はひやりとする。また何か、機嫌を損ねるようなことを言ってしまったのだろうか。

「……ごめん」

「何が？　俺が元は下級天使だって、知ってるだろ。下級天使に生まれた子供はみんな、親から引き離されて乳児院で育つんだよ」

それは初めて聞く話だった。もとより、流可は天界の社会システムには詳しくない。

「みんな？」

驚いて目を見開く流可を横目でちらりと見て、亜門は少し皮肉げな笑みを浮かべた。

「そう、みんな。そもそも、下級っていうのは天界の底辺で、アウトローだから。そんな底辺の大人たちから悪い影響を受けないように、生まれた子供を引き離すわけ。といっても、底辺生まれの子供ってことで、子供たちはその後も区別っていう名の差別を受けるんだけどね」

天界は建前上、皆分け隔てなく育てられることになっているので、下級天使の子供たちも中級や上級天使たちと同じ教育を受けられる。

けれども天使たちの意識の上では、はっきりとそれぞれの身分を区別していて、子供たちも否応なしに自分の出自を意識せざるを得ないのだった。

「試験で同じ点数を取っても、成績は上級天使の子がA、中級はB、下級にはCがつく」

「そんな馬鹿な」

流可は思わず憤った。魔界だって階級意識も差別もあるけれど、そんなふうにあからさまな差別は聞いたことがない。流可が知らないだけかもしれないけど。

「でもこれが、天界の実態なんだ。だから俺は、自分の生まれた世界が好きじゃなかった。社会に出ても同様なんだ。下級天使は誰が見ても文句のつけようがないくらいの結果を出すか、さもなくば上司の弱みを握るかしない限りは、出世の手立てがない」

淡々とした声にも、フロントガラスの向こうを見つめるその目にも、いつもの甘さや優しさはない。

亜門の天界に対する冷徹な感情を目の当たりにして、流可は初めて彼の素顔を垣間見た気がした。

「……そうか。でも、それで中級に出世したなんて、やっぱり亜門はすごいんだな」

差別だらけの世界で、階級を上げたのだ。どれほどの努力と苦労をしてきたのだろう。

亜門はいつでも余裕たっぷりで、何でもできる。流可からすればまるで苦労を知らないように見えたが、とんでもない誤解だった。

（それに比べて俺は、ぜんぜん頑張ってない）

何かを成し遂げるために、努力や我慢をしたことがない。こんなことで、魔界の王になんてなれるのだろうか。

「俺がどうやって出世したのか、聞かないの？」

いつの間にか内省に浸っていた流可に、亜門は皮肉めいた口調で尋ねた。

「え？」

「今、言っただろう。階級を上げるには、誰が見ても文句のつけようがないくらいの結果を出すか、上司の弱みを握るしかないって。すごいって言うけど、俺は単に卑怯な手を使って、出世したのかもしれないよ」

卑怯な手、というのは、上司を脅してという意味だろうか。急に悪辣《あくらつ》なことを言い出した亜門の真意を量りかねて、流可は首を傾げた。

「よくわからないけど。上司の弱みを握るのは、卑怯なのか？」

「あ、そうか。魔族にとっては常套《じょうとう》手段かもしれないね。けど天使や、それに人間にとっても卑怯な手段だな」

「そうなんだ……」

なぜか苛立ったように言われて、流可はシュンとした。素朴な疑問だったのだけど、当たり前のことをいちいち聞く流可に呆れたのかもしれない。

「でも、それも実力のうちなんじゃないのかな。俺だったら、そもそも人の弱みなんてうまく見つけられないし。見つけても交渉に失敗しそう」

だから卑怯なんかじゃないと、流可は思う。そんなふうに言ったらまた、亜門を苛立たせてしまうだろうか。

ボソボソ言い訳のように言ったが、亜門からは何も返ってこない。やっぱりまた、余計なことを言ったのかと恐る恐る隣を見ると、彼は唇の端を歪め、声もなく肩を震わせて笑っていた。

いつものように爽やかな笑みではないが、怒っているわけではなさそうだ。

「そう来たか。まいったな」

「亜門？」

「君は馬鹿っていうか、一周回って天才なのかな」

「喧嘩《けんか》売ってんのか」

恋人として付き合う前の、嫌みっぽい亜門に戻ったようで、こちらもつい喧嘩腰になった。しかし亜門はそれに、ククッと笑う。かと思うと、不意に真顔になった。

「さっきのはね、天界で俺に立てられてた噂。いちおう、仕事で文句のつけようのない結果を出して、正規の昇格試験をパスして中級天使になった。俺としては、のちのちケチがつけられないように、正攻法でいったつもりだったんだけどね。下級から中級に上がるって滅多にないことだから、あらぬ噂を立てられた」

「ひどいな、これだから天界ってのは……あ、いや、ごめん」

そこがどんなところでも、他人に自分の世界を悪く言われるのは嫌だろう。ハッと気づいて慌てて謝ったが、亜門は「いいよ」と目を細めた。

「俺もそう思う。何をやってもネチネチ文句を付けられる。下級天使出身ていうレッテルが、永遠について回るんだ。最初は我慢していたけど、ほとほと嫌気がさした。だから更生保護官になったんだ。天界を出て堂々と仕事ができるから。それに更生保護官は、天界では花形の職業だしね。ここで結果を出せば、上級天使への道も開ける」

真っ直ぐに前を見据える亜門の目に、強く光るものがある。日頃は穏やかな王子のように振舞っている彼は、実は大きく出世を狙う野心家だったのだ。

夜道を照らす街灯に照らされた亜門の横顔が、いつもより美しく眩しく感じられる。流可は思わずその美貌に見惚れ、目的地に着くまでの間、何度もチラチラと隣を窺っていた。


車は夜の高速道路に乗って、港の公園に辿り着いた。

夜だから誰もいないだろうと思っていたのに、わりと人がいる。それも、カップルばかりだ。歩きにくいだろう、というくらいピッタリ寄り添って歩く男女を見るたびに、気分が何やらソワソワした。

「カップルが多いな」

都心部の夜景が一望できるという、高台のスポットへ歩きながら、流可は言う。声が不自然に裏返ってしまった。

「有名なデートスポットだから、夜は特にね」

亜門は特に気にした様子もなく答えた。

「お前は、こういうデートに慣れてるんだな」

今まで流可以外にも、こうしてデートをした相手がいるのだろう。それを考えると急に不貞腐れた気持ちになった。しかし亜門は「デート？」と怪訝《けげん》そうに聞き返す。

「デートなんてしないよ。こっちに来て、恋人ができたのは流可が初めてなんだから」

「え、でも仕事の時は？」

「仕事は仕事だろう。ターゲットには、更正させるために接触してるんだから、デートなんかしない。話をするためにお茶や食事をしたり、相手の家を訪ねることはあるけどね」

「そうなんだ」

クーリンたちが、天使も枕営業をするのは珍しくないと言っていた。あんなにバリバリ稼いで、しかも見た限りターゲットの女性は亜門に心を寄せているようだから、当然のことなから相手を取り込むようなやり方をしていると思っていたのに。

ホッと息をつく流可を見て、亜門が小さく笑った。

「流可が考えてることは、大体想像がつくね。噂は聞いてるんだろう？　天使だ更生保護官だって言っても、実際には魔界と仕事のやり方は変わらない。俺の仕事でも確かに、ターゲットが疑似的な恋愛感情を抱くことはあるし、そういうふうに仕向けてもいる。でも君と恋人になってから、他の誰とも疚《やま》しい関係になったことはないよ。これからもしないって誓う」

思わぬ真摯《しんし》な言葉に、ドギマギした。相手を見ると、亜門もこちらを見つめている。顔が熱くなって、目を伏せてしまった。くすっと笑いが聞こえた。

「手、繋ごうか」

言うなり、こちらの答えを聞かずに手を握られた。

「で、でも、男同士なのに」

人間界ではポピュラーではない。変な目で見られるのではないだろうか。しかし亜門はこれにもさらりと、「誰も気にしてないよ」と言う。

「みんな自分たちのことしか、見えてないから。あと流可は気づいてないだけで、男同士のカップルもたまにいるから」

「そ、そうなのか」

ホッとしたような、でも気恥ずかしい気持ちは変わらず、ギクシャクしながら手を繋いで歩く。亜門の手はひんやり冷たかった。

「俺と恋人になってから、って言ったけど。俺と付き合う前はどうだったんだ?」

無言のまま歩いているうちに、ふと気になって尋ねた。意味がわからないはずはないのに、亜門は「どうって?」と、いたずらっぽく尋ねる。流可が恨めしげに睨むと、彼は面白そうに眼を細めた。

「さあ、どうだったかな」

はぐらかされてしまった。亜門が人間界に現れたのはほんの数か月前だ。覚えていないはずがないのに。

「え、エッチなこととかしたのか」

むきになって食い下がった。「エッチなことって」と、亜門が笑う。

「はぐらかすなよ」

「はぐらかしてないよ。流可が言うエッチなことって、どんなこと?」

「え、エッチはエッチだ!」

ちょっと大きい声になってしまい、慌てて口をつぐんだ。

「よくわからないな。たとえばこういうのも、エッチに入るの?」

言いながら、亜門は繋いでいた流可の指の股を、擦るように撫でた。くすぐったさと共に、ゾワッと痺《しび》れるような何かが這い上ってきて、「ひゃ」と思わず声を上げる。

慌てて振り払おうとしたが、がっちりと握り込まれて離れられなかった。亜門は唇の端を歪めて笑い、なおも指の股をくすぐってくる。

「流可、感じやすいんだね」

「は、放せ」

身体がムズムズする。自分の下半身が反応しそうになっているのに気づき、流可は涙目になった。ブンブンと力いっぱい手を振ると、亜門は笑いながら解放してくれた。

「流可にとっては、これもエッチなことに入るみたいだね」

「お、お前。こんなふうにからかうなんて、最低だな」

再び手を繋ごうとしてくるので、ぺっぺっ、と乱暴に叩いてやる。

「からかってるつもりはないんだけど」

亜門は苦笑しつつ、こっちだよと行く道を迷わない。やっぱり、他の人と来たことがあるんじゃないのか、と邪推してしまう。

別に、亜門が誰とデートをしたって構わないはずなのに、今まで自分以外にも亜門と手を繋いだり、それ以上のことをした相手がいるのだと想像すると、モヤモヤした。

「俺のことばかり言うけど、流可はどうなの?」

こちらの顔を覗き込んで、亜門が尋ねた。周囲は急に人影がなくなり、街灯もまばらになって、隣の亜門の表情もよく見えなくなった。ずっと舗装された道を歩いていたのに、今は土を踏んでいる。

「え、俺？」

「ターゲットと付き合って堕落させるのが、常套手段だったんだろ？　俺と付き合うようになってから、何人に声をかけたの？」

「お、お前と付き合ってからは、誰とも」

「誰とも？　仕事してないの」

怪訝そうな声だったので、ギクリとした。今はターゲットを亜門に絞っていて、他には仕事をしていない。ダミアンから、余計なことをしてポイントをマイナスにするな、と言われているからだ。

「いや、その、今はちょっと一休みして、勉強中なんだ。お前と付き合って、対人関係を学んでからにしようと思って」

「ふうん。学んだら、それをターゲット相手に活かすわけだ」

「えっ、いやそれは」

返答に困った。うまくごまかせずに口ごもると、「そっか」とつぶやきが聞こえる。暗闇で表情は見えないが、どこか寂しげに響いた。

「俺は、もう君以外とやらしいことはしないって決めてるんだけどね。やっぱり天使と魔族じゃ、その辺の貞操観念は違うもんな」

諦めたような声に、流可は焦る。ここで、やっぱり俺たち別れようか、などと言われてはすべてが水の泡だ。

「ち、違わない。俺ももう、お前以外とエッチなことはしない」

慌てて断言した。

「本当に？」

「ああ。ターゲットとは、適度な距離を保って接することを誓う」

亜門を堕とせばこちらのもの、もう仕事をする必要はないのだから、口ではどうとでも言える。

(俺、嫌な奴だな)

寂しそうな亜門の声が耳に残り、さらに彼を騙《だま》すことに、チクチクと罪悪感を覚える。

それでも、自分は任務を遂行しなければならない。魔界の王を目指す身としては、今後もこうした邪悪な言動に慣れなければならないのだろう。

「じゃあ、こんなふうに手を繋ぐのも、俺だけ？」

しばし物思いにふけっていた流可の手を、亜門が再び握った。

「あ、ああ」

道が暗くてよく見えない。そういえば、高台にはまだ着かないのだろうか。

そんなことを考えていた時、何かにつまずいてよろめいた。重心を崩した流可の身体を、亜門の腕が掬《すく》い上げる。そのまま抱き寄せられた。

「大丈夫？」

「うん、ごめん」

ぴったりとくっついた男の身体が、思っていた以上に逞しくてドキドキした。心臓の音を相手に聞かれそうな気がして、慌てて身体を離そうとする。だがその瞬間、強く抱き締められた。

「あ……亜門」

「こういうことするのも、俺だけだよね」

相手の吐息が頬にかかる。いつもとは違う、熱っぽい声音だった。

「う、うん」

「キスも？」

「……んぅ」

気づいたら、唇を奪われていた。触れ合うだけのキスではない、深く濃厚な口づけだ。

流可がくぐもった声を漏らすと、唇は一度離れて、またすぐに合わさった。今度は舌先が唇を割って、中に入ってくる。口腔の柔らかな粘膜を嬲《なぶ》られ、ゾクゾクと何かが這い上がってくるのに怖くなった。

身体を離そうとしたが、がっちりと抱え込まれてびくともしない。

「ん、んっ」

抗う流可を追い詰めるように、口づけは深く舌使いは淫猥《いんわい》になる。ぐぐっと下半身を擦《こす》りつけられた。

こんなふうに、誰かに力ずくで押さえ込まれるのは初めてだった。怖くて、なのに気持ちいい。初めて味わう倒錯的な感覚に、自分がどうなっていくのかわからず、たまらなく不安になる。

「ん……っ」

これ以上は嫌だ。腕の中でもがき、拳でドンドンと相手の胸を叩いた。流可が本気で嫌がっていることに気づいたのか、亜門はようやくキスをやめて腕を離してくれた。

「ごめん。ちょっと本気になった」

暗闇の中で、亜門は言う。それはちっとも優しくない、冷たい声で、さらに流可を不安にさせた。

「う……」

じわ、とまぶたが熱くなる。キスをされて泣くなんて、さすがに情けなさすぎる。慌ててゴシゴシ目を擦った。

「怖がらせちゃったね」

声は急に優しくなった。ホッとして、そんな自分が嫌になった。

「怖がってなんかない」

「こういうキスは、初めてだった？」

答えられずにぐっと唇を噛む。頭の上で笑うような吐息が漏れて、軽く引き寄せられた。

咄嗟にビクッと身体を震わせると、あやすようにポンポン、と背中を叩かれる。

「悪かった、ごめん。君は本当にこういうことに慣れてないんだな」

「馬鹿にして」

「してない。ごめんね」

耳元で優しい声がした。そっと抱かれ、つむじに軽くキスをされる。そのキスの感触に、わけもなく安堵した。おずおずと亜門の胸に身を預けると、亜門は背中をさすってくれた。

「……嫌なわけじゃないんだ」

言い訳するように、流可はつぶやいた。嘘ではない。本当に嫌ではなかった。ただ、自分が今までの自分ではなくなってしまう気がして、怖かったのだ。

「うん。わかってるよ。今のは俺が悪い」

亜門が答え、二人はしばらく、抱き合ったままでいた。通行人は現れず、しばらくして抱擁を解いた亜門は、元来た道を戻り始めた。

高台に向かっていたはずなのに、いつの間にか道がそれていたらしい。やがて舗装した道に戻り、別の道を少し上ると、綺麗な都心の夜景が見えた。

　夜景を堪能した後は、車に戻ってヴィクターの作ったサンドイッチを食べコーヒーを飲んだ。夜食を食べ終えるとそのまま帰路に就き、デートは終わった。帰るまでずっと、亜門は意地の悪いことを言ったりしたりせず、家の前まで来るとまたいつものように、軽く触れるだけのキスをした。

「じゃあまたね。おやすみ」

　去り際、亜門が甘やかに微笑んでそう告げるのは、いつものことだ。なのに今夜はなぜか、急に心細くなった。胸がザワザワする。そのくせ足元はふわふわして、自分の周りの世界が急に変わってしまったような気がした。

　この感覚はいったい、何なのだろう。いくら考えても、流可には理由がわからないままなのだった。

四

その後、亜門からの連絡がぱったり途絶えた。

付き合ってから二か月弱、ほぼ毎週のようにデートをした。デートの後にはすぐ、亜門からデートが楽しかったこと、次はどうするかという連絡が入った。

次のデートまではスケジュールを相談し合ったり、他愛もない電話やメールが毎日のように来ていたのに、今はそれもない。

一週間経っても何も連絡がないので、流可は自分から連絡してみた。電話は留守電で、メールはあれこれ半日以上も考えた挙句、「元気?」というような挨拶程度の内容しか送れなかったのだが、翌日になって「今は仕事で忙しいので、しばらく会えない」と用件のみのメールが返ってきてがっくりきた。

さらに一週間が経ち、その後はどうかと窺ってみたものの、相変わらず忙しいという返事。だんだん、不安になってくる。

夜のドライブをしたあの日、キスくらいで泣いたりしたのがまずかったのだろうか。あの時、亜門の様子がちょっとおかしかった。もしかして、あそこでもっとエッチなことをするつもりだったのだろうか。流可が抵抗したから、気が削《そ》がれてしまった?

「俺、亜門に嫌われたかもしれない」

不安でたまらなくなり、つい使用人たちに愚痴ってしまった。

「まさか！　ありえませんよ」

ティータイムにおやつのちくわを齧《かじ》りながら、ダミアンが一笑に付した。

「あなた方はもう、五回もデートしてるんですよ。毎回キス止まりっていうのが気になるといえば気になりますけど、これだけ仲良くしてるんですから、流可様の魅力が通じないわけがありません」

「そうですよ。流可様は顔がいいですし、顔しか良くないですけど、腹芸のできないアホっ子キャラが魅力なんです。よしんばデートで何か失敗をしたとしても、それが愛されこそすれ、嫌われることはありませんよ！」

「……クーリンよ」

流可の魅力を力説してくれるのだが、もう少しどうにかならないか。

ため息をついたところで、ヴィクターまでもが「流可様を嫌う人なんて、いません」と訴えてきた。

ありがたいけど、これは親バカというか、身内の欲目なんだろう。

彼らに愚痴を言ったところで、問題は解決しない。自分で考えなければ。

前回のデートの時、亜門から聞いた天界での話が胸に刺さっている。彼がどれほど努力と苦労をして、今の地位を手に入れたのか。

流可は、ぼやぼやとダミアンたちに甘えて、何の努力もしてこなかった自分を恥じた。

もっと自分自身で物事を考えて、積極的に行動しよう。口先だけではなく、ちゃんと一億ポイントを貯める。

本当に魔界の王になりたいのか、と聞かれるとすぐに答えられないが、中途半端で諦めたくなかった。

亜門に、胸を張れるような存在になりたい。彼が一目置いて、そばにいたいと思えるように。

だから一億ポイントを貯めるために、亜門の心を落とさなければ。

(んん？　亜門の心を落としたら、あいつに認められるのか？　あいつを落としたいから認めさせるのか？)

珍しく物思いに耽っているうちに、だんだんと思考がメビウスの輪のようになって混乱した。それよりもさらに、根本的で重要な何かを忘れている気もするが、それが何だったのかどうしても思い出せない。

次第に頭痛がしてきて、考えるのをやめた。

「グダグダ考えるのは、俺の性に合わない。行動あるのみだ」

ヴィクターが焼いてくれたおやつのスコーンを飲み込んで、流可は決意を声に出した。

使用人たちが「おおー」と大仰な歓声と拍手を送る。彼らを故郷に帰すためにも、自分がしっかりしなくては。

これからどうすべきか考えて、とりあえず亜門を訪ねることにした。

いきなり押しかけたら迷惑かもしれないが、ご近所のよしみでチラッと顔を見るだけ、うまくいけば話をして、次のデートの予定を聞き出す。

そう算段をして、おやつを食べ終えるとすぐ、裏のアパートへ向かった。しかしこれは、早々に空振りとなった。

玄関のベルを鳴らしても、応答がない。電話をしても、留守番電話だった。きっと仕事をしているのだろう。

出鼻をくじかれ、すごすご家に戻った。このところ、亜門を落とすことしかしていないので、他にやることがない。仕事がないので、毎日暇だった。

「流可様、亜門さんが掴まらなくてゴロゴロしてるなら、ヴィクターの代わりに夕飯の買い物にでも行ってきてくださいよ」

リビングのソファでテレビのチャンネルを替えていると、日当たりのいい窓辺で毛づくろいをしていたダミアンが言った。

「いえ、ダミアン様。買い物くらい私がしますから」

キッチンでガスコンロの掃除をしていたヴィクターが、話を聞いて慌てる。

「あなたは忙しいでしょう。流可様は今日は、何も家のことを手伝ってないんですから」

ビシッと言われて、流可も腰を上げた。そういうダミアンは、朝から毛づくろいと日向《ひなた》ぼっこしかしていないが、家主であり金主でもある執事には逆らえない。

「買い物に行くよ、ヴィクター。気分転換に出かけたかったし」

流可が言うと、ヴィクターは申し訳なさそうにしながら、今日の買い出しのメモと食費用の財布を渡してくれた。

それらを持って、家を出る。買い出しはかなり量があって、流可は駅前商店街を隅々まで歩き回らなければならなかった。

買い物を終えると、両手いっぱいに買い物の荷物を提げ、荷物の重さにヨタヨタしながら商店街を出る。

駅の前を通り過ぎた時、前方に亜門の姿を見つけた。

「亜……」

声をかけようとして、隣に男性がいることに気づき、思いとどまった。亜門のそつのない、にこやかな微笑みを見て、仕事中らしいと悟る。

(あいつ、男もターゲットにしてるんだな)

男性は流可と同じくらいの年齢で、男なのに綺麗な顔をしていた。

少し離れているので、亜門たちの会話は聞こえなかった。けれどターゲットらしき男性が、恋する瞳で亜門を見つめているのは一目でわかる。

じゃあ、とその場を立ち去ろうと踵を返す亜門に、男が追い縋った。ぴったりと腕を掴んで寄り添い、何か必死な様子で訴えている。亜門はそんな男を優しい瞳で見つめ返すと、やがてふわりと微笑んで、そっと彼を抱き締めた。

(あ……)

ずきりと胸が痛んだ。仕事だということはわかっている。ターゲットを更生のために励まして、抱擁をすることもあるだろう。

なのに、亜門が誰かと親密にしている場面を目の当たりにして、動揺が抑えられない。

(どうして、こんな)

流可は別に、亜門が本当に好きなわけではない。ただ仕事で付き合っているだけなのだ。たとえ彼が、噂通りの枕営業をしていたとしても、目くじらを立てる理由などない。そのはずなのに、どうしてこんなに胸が苦しくて、モヤモヤイライラするのだろう。

自分の心の揺れ具合が怖くなった。

亜門に見つからないよう、そそくさと彼らのいる場所を通り抜ける。

「それではまた、一週間後に。あなたがちゃんと私の言いつけを守っているか、チェックしに行きますからね」

「亜門さん、怖いなあ」

優しい亜門の声と、甘えるような男の声が耳に届いてしまう。何も考えないようにして、その場から遠ざかった。

ちらりと後ろを振り返ると、亜門が男と別れているところだった。男を見送ると、ビジネスバックからスマートフォンを取り出して操作する。

誰に連絡をしているのだろう。そう思ったところで、流可の尻ポケットに入れておいたスマートフォンがけたたましい着信音を立てた。

最大音量にしていたのだ。あたりに響く着信音に、流可はオタオタした。音を止めたいが、両手は買い物袋でいっぱいだ。

「流可？」

オロオロしていると、流可の着信音を聞きつけた亜門が、スマートフォンに耳を当てたまま驚いた様子で流可に声をかけた。

「やあ、流可。奇遇だね。買い物？」

「あ、ああ。お前は仕事中か」

「今日はもう終わった。君から電話が入ってたんで、今かけ直したとこ。出られなくてごめんね」

優しい声と表情はいつもの亜門で、彼に嫌われたかもしれないと心配していた流可は、大いにホッとした。しかしその安堵はすぐに砕かれる。

「それで、何か用だった？」

にこやかな顔のまま問いかけられて、突き放された気持ちになった。

もうずっと、亜門とはまともに話をしていない。流可は寂しかったのだけど、亜門はそのことについて何とも思っていないのだ。

普段通りの亜門の顔を見ていると、デートがしたかったのだとは言えなくなった。ゆるゆるとかぶりを振る。

「いや、別に。仕事中にごめんな」

じゃあ、と相手に背を向けた。しおしおと項垂《うなだ》れて家へと歩いた。駅前の喧騒を抜け、住宅街に入った頃、背後から「流可」と亜門に呼び止められた。

おずおず振り返ると、亜門がすぐそばまで追いかけてきていた。

「ごめん」

どうして謝られたのかわからず、相手を見つめる。亜門は困った顔になった。

「駆け引きのつもりだったんだけどね。勝負にならなかったな」

やっぱりよくわからなくて、悲しくなる。自分はやっぱり、馬鹿なんだろうか。駆け引きと言うから、交渉事なのだろう。交渉事といえば、コミュニケーションスキルを著しく要する。お前には無理だと言われたようで、しょんぼりした。

「駆け引きってよくわからない……ごめん。俺、きっと馬鹿なんだ。クーリンにも言われた。馬鹿な子ほど可愛いって」

亜門は驚いた顔をしてから、やがてフフッと笑った。和やかな笑いだ。亜門はいつも優しいけど、普段のそれとも少し違っている。柔らかな目をしたまま、亜門は流可が提げている買い物の袋を取り上げた。

「流可は確かに馬鹿だけど、馬鹿じゃないよ」

「どっちだ」

ムッとして言い返すと、亜門はやっぱり笑って、もう一つ買い物袋を持ってくれた。

「一緒に帰ろう。俺ももう、今日は仕事がないから」

二人で買い物袋を提げ、並んで歩く。そうしていたら、ようやく素直に思っていたことを口にすることができた。

「最近、お前と話してなかったから、電話したんだ。その、次のデートの予定とか、聞きたくて」

「うん」

「あと……こないだのデートの時、嫌われたんじゃないかって」

穏やかな雰囲気だったから、訥々《とつとつ》と不安を口にする。

「俺が君を？　嫌うようなこと、何もしてないだろ」

「でも、ずっと連絡がなかったから」

「本当に仕事が忙しかったんだよ。でも、不安にさせちゃったかな。ごめんね」

流可は慌てて首を横に振った。良かった、嫌われてるわけではなかった。ホッとした時、ちょうど目の前に流可の家が見えた。

「あの、荷物持ってくれて、ありがとう」

亜門の手からビニール袋を引き取ろうとすると、「家まで送るよ」と言ってくれた。

「……本当に君は。素直すぎるくらい、素直だね」

ぼそりと隣でつぶやかれ、えっと振り仰ぐ。素直というのは褒め言葉だろうか。そのわりに亜門は、どこか呆れたような、苦笑めいた顔をしていた。

不安になって、流可は瞳を揺らす。亜門は優しいけど、時々こんなふうに不可解な反応をする。

「何か、怒ってるのか？」

「怒ってないよ。嫌ってもない。ねえ、流可。俺はもう、今日は仕事がないんだ。これからデートしない？　不安にさせたお詫びに、どこでも流可の好きなところに連れて行くよ」

突然の提案に嬉しくなった。行きたいところはある？　と聞かれて、家の前で思案する。裏手に亜門のアパートが見えた。

「……あの、お前の部屋は？」

「俺の？」

「う、うん。仕事の後で疲れてるだろうし。あと、キ、キ……キスしても、外じゃないから恥ずかしくないかなって」

キス、と口にするのにはとても勇気がいった。そして言ってから、もしかして図々しかったんじゃ、と不安が頭をもたげる。

「えっと、もし嫌だったら無理にとは言わないんだけど」

慌ててそう言うと、亜門はくすっと笑って「構わないよ」と答えた。

「じゃあ、うちで夕ご飯食べようか。何か作るよ」

「えっ。亜門、料理もできるのか？」

「いちおう、一通りは。君の家の、使用人レベルを期待されると困るけどね」

亜門は本当に何でもできるのだ。流可は感心した。

それで二人はひとまず流可の家に買い物の荷物を置き、もう一度、自分たちの夕食の買い出しに出かけることになった。

亜門の家で夕飯を食べると言ったら、使用人たちは例のごとく万歳三唱しそうな勢いで送り出してくれた。

再び、二人で商店街に戻る。相談して、夕飯の献立はハンバーグになった。

「一緒にワインも買っておこうか。流可は甘口が好きだよね。他に食べたいものは？」

「あ、食後のデザート！　果物が食べたい」

あれこれ話しながら恋人と夕飯の買い物をするのは、とても楽しい。流可はそのことに初めて気がついた。

スーパーで夕飯の材料の他に、ワインと果物を買い込む。色とりどりのフルーツが並んだコーナーで、亜門は流可に好きな物を好きなだけ選んでいいと言ってくれた。

「じゃあ、リンゴとぶどう。あと、キウイ。俺、食べたことないんだ」

魔界にも人間界と同じような果物はあったが、キウイは食卓に上ったことがない。

「食べたことないの？　俺は好きだよ。多めに買おうか」

亜門は言って、緑がかった茶色の果物をいくつもカゴに入れた。ワインやスープの缶詰なども入れるとかなりの量になり、買い物袋は二人で半分ずつ持つことになった。

重い方は当然のように亜門が持つ。流可がぼんやりしてる間に、はいこれ、と軽い方を差し出してくれるのだ。

幸せな買い物の時間が終わる頃には、流可は少し前まで亜門に嫌われたかも、と不安に思っていたことも忘れた。

帰りも楽しく歩いて、それからいよいよ亜門の部屋に入る。さすがファミリータイプの間取りは広く、そして綺麗に整頓《せいとん》されて清潔だった。

「すごく綺麗だ。掃除しまくってるんだな」

「しまくってはいないな。普通だよ。家には帰って寝るだけだから、大して汚れないいんだ」

またもや有能ぶりに感心していると、亜門から苦笑交じりの答えが返ってきた。言われてみれば確かに、綺麗だが生活感がない。

通されたLDKは広々としていたが、最低限の家具以外に物がなかった。流可の家はこれよりもう少し広いけれど、いつも誰かがいるし、自分たちの持ち物をそれぞれリビングに放りっぱなしにして、たまにダミアンに注意される。

どこか寒々としたこの部屋で、亜門は暮らしているのだ。天界に帰っても家族や、流可のような家族代わりの使用人もいない。彼は寂しくないのだろうか。

「そういえば、コーヒーしかないんだった。流可、夕飯ができるまでテレビでも見ててくれるかな」

てきぱきと食材を片付けながら亜門が言う。

「俺も手伝いたい。……料理はしたことないけど」

大事にしてもらえるのも嬉しいけど、さっきの買い物みたいに、二人で何かをする方が楽しい。とはいえ、流可には料理の経験は一切なかった。

「皿洗いはあるんだ……。お箸や皿を並べるとかも」

亜門と比べて自分の無能ぶりが恥ずかしく、ゴニョゴニョと言った。

「王子なのに、皿洗いをするんだ」

「ダミアンの方針なんだ。稼いでないのにゴロゴロするのは許されなくて」

　亜門は笑ったが、馬鹿にするような笑いではなく、どこか楽しげだった。

「君の執事は教育熱心なんだね。でもじゃあ、王子様を助手に使っても怒られないな。一緒に作ろうか」

　嬉しい。実は一度、ハンバーグを捏《こ》ねてみたかったのだ。キッチンに二人で立ち、夕食を作り始めた。

　といっても、材料を切ったり味つけしたりするのは、ほとんどは亜門がやってくれて、流可は指示されるまま材料を混ぜるだけだった。

　それでも楽しかった。亜門は教えるのが上手で、ちょっとくらい流可が失敗しても怒ったり呆れたりしない。失敗をうまくカバーする術を知っているし、うまくできた時は褒めてくれる。

「お前、教え方もうまいんだな」

「それはどうも。でも流可も、初めてにしてはなかなかだよ」

「そ、そうかな」

　自分で捏ねたハンバーグのたねが、フライパンの上でジュッと美味しそうな焼き目をつけてできあがっていく様を見るのはワクワクする。早くできないかな、と目を輝かせてフライパンを凝視していると、隣で亜門がくすっと笑った。

「楽しそうだね」

「ああ、すごく楽しい。自分で料理できるなんて思ってなかったし、それに、二人で何かするのが楽しい。俺、亜門と恋人になって良かった。お前と一緒だと、何やっても楽しいもん」

隣で缶詰のスープを鍋にあけていた亜門は、無言のまま大きく目を見開いた。

「……亜門？」

何かやらかしたのかな、と不安になって相手を見ると、亜門は気を取り直したようにパチパチと目を瞬いていた。

「いや。……そうだね。俺も君といて楽しい。そうか、楽しいってことなんだな、これは」

最後は独り言のようにつぶやき、スープの鍋を火にかけた。亜門がそう言ってくれるのは嬉しいが、態度は不可解だ。亜門はそれから無言のまましばらく、鍋をかき混ぜていた。

「家に招くのも、君なら抵抗がない」

かと思うと、そんなことをまた言ったりする。

「他の人は抵抗があるのか？」

「人間界に降りて、誰かを招いたのは君が初めてだ。天界では……恋人なんかは仕方なく入れてたな」

「恋人」

いたのか。いや、亜門のように何でもできるエリートなのだ。いない方がおかしい。

「もう別れてる。人間界に来た時にね」

言い訳のように、亜門は珍しく慌てて言った。

「別に。気にしてない」

流可は答えたけれど、不貞腐れた声になってしまった。ちらりと横目で亜門を見ると、優しく微笑みを返された。

「誰とも付き合ったことがない、とはさすがに言えない」

「わかってるよ」

「たくさん付き合った。男が多かった。天界では、同性同士で交際することが多いんだ。男女で自由恋愛をして、子供ができたら困るから」

それを聞いて、天界というのは、やっぱりひどいところだと流可は思う。しかし、何も答えない流可に怒っていると勘違いしたのか、亜門はなおも話し続けた。

「正直に言えば、付き合ってる相手はたくさんいた。同時に何人もと付き合うことも、ザラだったよ。別に相手のことは好きじゃなかったけど、学校でいい教授に付いたり、仕事を潤滑にするために必要だった。……軽蔑するだろう」

最後の声は、らしくなく自信なげだった。流可は「軽蔑なんてしない」と首を振る。自分は怒ってるわけではないんだ、と知らせるために、亜門を見つめた。

「それくらい、俺だって人間界でやってる。ただ、俺はお前みたいにうまく利用できないけど」

亜門は鍋をかき回す手を止めて、流可の肩をつと抱き寄せた。軽く唇にキスをする。それはとても自然な動作で、流可はぽかんとしてしまった。

「君は、俺と違って素直だからね。誰かを騙すなんてできないんだ。魔界の王子なのに」

「どうせ」

「それでいいんだよ。だから俺は、君といるのが楽しいんだ」

いつもの蠱惑《こわく》的な声音よりも、今の亜門のそれは平坦に聞こえた。でも今の方が素直に彼の言葉が胸に響いてくる。心から言ってくれているのだと、どうしてかわかった。

「……うん」

小さくうなずくと、亜門はそのつむじに小さくキスを落とす。

いつもより、キスがドキドキしない。つむじだったせいだろうか。でもその代わりに、今は胸が温かかった。

流可が捏ねて焼いたハンバーグは、なかなかの出来栄えだった。主要な工程は亜門がやっているから、当たり前だが。

ハンバーグにカリッと焼いたパン、サラダとスープ。ワインも一緒に並べると、食卓が華やかになった。

「俺がレタスをちぎったサラダも、なかなかだよな」

高級レストランには及ばないけれど、流可の家のように温かい食卓だ。

「もちろん。レタスが異様に小さかったり、大きすぎたりするけどね」

「いろんな食感が楽しめるだろ」

流可の強がりに、亜門は口を大きく開けて笑った。何だか珍しい。いつも、にこっとしかしないのに。

ワインで乾杯して、夕食を食べた。見た目も悪くないが、味はとても美味しかった。

「俺の過去の話はしたけど。流可の話をきちんと聞いたことはないよね。いつもはぐらかされる」

しばらく食事を楽しんだ後、亜門は何杯目かのワインを自分と流可のグラスに注いで、そんな話題を切り出した。

「本当に今まで、魔界に恋人はいなかったの？　まあ、聞くまでもないと思うけど」

「なんだと」

「もしかして、俺が初めての恋人？」

ちゃんと答えて、というように、亜門が真っ直ぐに見つめてくる。仕方なく、「そうだよ」

と、ボソボソ真実を口にした。

「キスだって、お前が初めてだ」

「え、まさか」

心底驚いて言うから、流可はアルコールのせいではなく真っ赤になった。

「しょうがないだろ！　ずっと自分ちに引きこもりだったんだから。俺は母におやすみのキスをしてもらったこともない。おでこもほっぺも唇のキスも、正真正銘お前が初めてだ」

威張って言うことではないが。てっきり笑うと思ったのに、亜門はそこで寂しそうな顔をした。

「そうだったね。君も親がいるようでいないんだった」

「お前みたいに苦労はしてないけどな。ダミアンたちが家族代わりだし」

「好きな人は？　初恋とかないの」

「だから、引きこもってたんだって。王族が出席する催しには、仕方なく出席したけど。でも俺の父は猫妖精で身分が低いから。俺も王族や貴族には馬鹿にされてるんだ。そういう集まりに行くと……いじめられたりするからやだった」

女王の長子とはいえ、悪魔の力は弱く父方の後ろ盾もない流可に、支配者層の魔族たちは厳しい。

大事な魔界の式典で、自分の席だけひどく粗末だったり、晩餐会《ばんさんかい》なのに流可の食事だけ用意されないこともあった。

女王は、たとえ我が子であっても、力のない者への興味は薄い。流可があからさまにいじめられているのを見ても、助けてくれたことはなかった。

「俺のところもひどかったけど。君の魔界も、負けず劣らずひどいな」

亜門は顔をしかめて言う。

「うん。でも、屋敷に帰ればダミアンたちがいたから」

王侯貴族の集まりで、流可がいじめられて帰ってくるのがわかっていたから、ダミアンたちは美味しい食事やおやつをたくさん用意して帰りを待っていてくれた。

――王族や貴族のボンクラたちには、流可様の魅力がわからないのです！

泣きべそをかいて帰ってきた流可の代わりに憤り、時には一緒に涙を流し、慰めてくれた。

「いい使用人たちだね」

「うん。だから、初恋なんてしてられなかった。使用人は家族みたいなものだし。家庭教師だって、俺のことを馬鹿にしない、温和なおじいちゃんおばあちゃんばかりだったし」

恋愛対象となりそうな魔族が、身近に存在しなかった。

「安心した」

まんざら冗談でもなさそうに、亜門は微笑む。そんな彼を見ていると、また前回のデートの時と同じく胸がざわざわして、波に攫《さら》われるような、嵐の中に立っているような、日常とは別の世界に入ってしまった気がするのだった。

食事を終えると、二人で後片付けをした。皿洗いなら流可も得意だ。

その後、亜門がフルーツを切ってお茶を淹れてくれて、ソファで食後のデザートを食べることになった。

酔いも手伝って、すっかりくつろいだ気分になる。そして、生まれて初めて食べるキウイが美味しかった。

「す……っごく美味しい！」

一口食べて、いや、その匂いを嗅いだ瞬間から、えも言われぬ興奮を覚えた。

「こんなの、生まれて初めて食べた。美味しいし、いい匂いだ」

半分にカットしてもらったキウイを、スプーンでぱくぱく食べる。

「たくさんあるから、全部食べていいよ」

「本当に⁉」

嬉しい、嬉しい。興奮に目を輝かせると、亜門はそこまで喜ぶと思わなかったのか、戸惑った顔をした。

「ああ、いい匂いだ！」

「……え？　キウイってそんなに、いい匂いかな」

亜門は自分のキウイに鼻を近づけて、首を傾げた。彼にはわからないのだろうか。こんなに魅惑的で官能的な香りがするのに。

「うみゃい」

ひいっく、と大きなしゃっくりが出た。何だかすごく幸せで楽しい。それに、身体が熱くて、奥がうずうずする。

「流可、大丈夫？　さっきより、顔が赤いよ」

「それは、ワインのせいかもしれにゃい」

「にゃい……？」

「キウイを食べれば、にゃおると思う」

怪訝な顔をする亜門には気づかず、流可はまた、ばくばくキウイを食べた。

しかし、食べるているうちにだんだんと、幸せな気分より、身体の火照《ほて》りと疼《うず》きの方が大きくなってきた。

（にゃんだろう、これ……）

身体が、特に下半身が疼いてたまらない。頭の奥が痺れてくる。もしかして……と、そっと目を落とすと、いつの間にかズボンの前が膨らんでいた。

「にゃっ」

狼狽《うろた》え、前を隠そうと焦ったせいで、キウイの皿を落としてしまった。

「ご、ごめんにゃさい」

にゃんだかおかしい。幸い、皿は割れていなかったが、慌てて拾おうとして手が震えた。

「流可。君、耳が出てる」

「う？」

亜門の言葉に、流可は顔の横を押さえた。

――真横に耳がない。

もしやと思って頭の上にそろそろ手を伸ばしたら、そこにモフッとする三角耳が生えていた。猫の耳だ。

「にゃ、にゃんで。どうしよう……」

「流可、落ち着いて。ここは俺しかいないから、大丈夫。それより尻尾も出てるよ」

静かに指摘されて後ろを振り返ると、ズボンの腰のあたりから、窮屈そうに長くて黒い尻尾が飛び出していた。

「フ、シャーッ」

狼狽《ろうばい》のあまり、威嚇《いかく》音が出てしまった。落ち着いて、と亜門がなだめる。

「ダミアンさんみたいに、猫になるの？」

「にゃらにゃい。じゃなくて、ならにゃい。……あ、あれ？　とにかく、完全な猫にはにゃらないけど」

「それなら、いいんじゃない。猫耳も尻尾も可愛いよ」

亜門は言ってくれたけど、問題なのはそこではなかった。

(俺、発情してる)

半分、猫妖精である流可は、普段は悪魔の……人と同じ姿を取ったままだ。ダミアンのように猫の姿になることも可能だが、それは悪魔としての魔力を使うからで、自然な姿は悪魔の姿なのである。

猫耳と尻尾は発情の印。猫妖精のハーフの間では、これは常識だった。つまり、今の状態は自分が性的に興奮していると、相手に示しているようなものなのだ。

それでも、相手が人間ならば、魔力で目くらましをかけてごまかすことが可能だ。しかし、流可の大きくない魔力では、魔族や天使を騙せるほどの目くらましの術はかけられない。

(どうしよう、どうして?)

ワインで酔っているせいだとは、思えなかった。今まで酒を飲んだことならいくらでもある。でも、発情したりしなかった。

そもそも流可は、猫のように勝手に発情したりはしない。ネットでエッチな画像を見たり、クーリンがこっそり貸してくれた官能小説を読んだ時などには、ムラムラして猫耳と尻尾が出てしまう時はある。

だから普段、自慰をする時には、誰にも見つからないよう、バスルームなどでそっと処理していた。

「もしかして、キウイに酔ったのかな。マタタビみたいに」

「マタタビ。……そうだ」

これはその昔、ダミアンに近寄ってはいけないと言われたマタタビの木に近づいた時と似ている。

ちょうど思春期に差しかかった頃で、強い発情に苦しみ、一日中トイレにこもる羽目になった。あんな苦しみが続くのか。

「お、俺、帰らにゃいと」

自分の身体の反応を、亜門に知られたら恥ずかしくて死ぬ。

ごめん、と叫んで立ち上がったが、足に力が入らなかった。一、二歩進んですぐ、へにゃっと膝から崩れ落ちる。

「流可！」

叫んで、亜門が立ち上がった。

「大丈夫か。無理しないで」

抱き起こそうとしてくれたのだろうか。背後から肩を抱かれた。その温もりを感じ、さらに耳元で話しかけられた瞬間、身体にゾクゾクと甘い快感が走った。

「……っ、あっ」

耐えきれず、前をぎゅうっと押さえてうつむいた。快感が過ぎ去るのを待とうと思ったのに、それは熾火《おきび》のように身体の底でいつまでも燻《くすぶ》り続けた。

「流可。気分が悪いのか。どこか痛い？」

真剣な顔で、亜門が覗き込む。身体ばかりか気持ちまでうずうずして、目の前の美貌に抱きつきたくて仕方がなかった。衣服が素肌を擦る、それすらも今は刺激になる。

「亜……門。触ら、にゃいで」

「触るなって。いったいどうしたんだ」

「大丈夫？」と亜門は親切に流可を抱き起こした。逞しい腕が疼く身体を掬い上げようとする。さらなる温もりと刺激を与えられ、耐えきれなかった。

「あ……やっ、だめっ」

亜門の腕の中で、ビクビクと身体が震える。出口を探して快感の熱が全身を駆け巡り、やがてドッと下腹部から噴き出した。じわっと下着の中が温かくなる。射精してしまったのだ。

「う、ううーっ」

恥ずかしさに、消えてしまいたくなった。絶望的だったのは、精を吐き切ってもなお、身体の熱が収まらないことだった。どうしたらいいのかわからず、ポロポロと涙をこぼす流可に、亜門は息を呑む。

「流可、もしかして、君……」

「俺……ごめんにゃさい。ごめ……」

せっかく楽しかったのに。亜門も楽しいと言ってくれたのに。キウイなんて食べなければ良かった。調子に乗っていた。

「う……」

「謝らなくていい。キウイに催淫《さいいん》作用があるんだね」

「わ、わかんにゃい……ごめ、にゃ……ごめんなさい。俺、まだ」

ぎゅっと前を押さえた。まだ熱は冷めず、それどころかさっきよりも疼いている。どうしてこんな身体なのだろう。なおも謝ると、亜門は「いいんだよ」と慰めるように言った。

「シャワーを浴びよう。それから着替えて。立てる？」

促され、自力で立とうと試みたが、うまく力が入らなかった。足だけではない。全身に力が入らないのだ。

途方に暮れていると、亜門が腕を伸ばして再び抱き上げようとした。

「だ、ダメ。俺、お前に触られると……」

「おかしくなる？　でも、そのままじゃ辛いだろう。おかしくなってもいいから、バスルームまで運ばせて」

嫌だと言う隙を与えず、亜門は流可を抱えて立ち上がった。しっかりと膝の裏と尻を抱えられ、「危ないから、掴まって」と言われた。

その動作だけでもう、流可はおかしくなりそうだった。次々に湧き上がる情動を必死に堪え、亜門に抱きつく。すると亜門が、小さく息を呑んだ。

そっと見上げると、相手は前を見たまま怒ったような顔をしていた。

「すぐだからね」

声は優しかったが、表情はどこか強張っている。

(嫌われたんだ)

今度こそ、亜門に嫌われてしまった。悲しくて、でも身体は彼を浅ましく求めている。間近にある唇に吸いつきたかった。あの夜の公園の時のように、激しいキスをされたい。いや、それ以上のことをされたいと願っていることに気づき、愕然とした。

洗面所に入ると、亜門は流可を下ろして服を脱がせ始めた。

「自分で、できる」

「指先が震えてるよ。遠慮しないで。俺たちは恋人同士なんだから」

恋人は、本当にこんなことまでしてくれるのだろうか。亜門は優しいから、流可の姿があまりに情けなくて、同情してくれているのじゃないだろうか。

そんなことを考えている間に、亜門は服をすっかり剝ぎ取っていた。濡れた下着に手をかけられ、慌てる。

「見にゃ……見ないで。自分でするから」

懇願するように言ったのに、亜門は何も言わずに強引に下着を引きずり下ろした。

「……やっ」

硬いままのペニスが、布から勢いよく飛び出した。羞恥に耐えきれず、流可はその場にうずくまった。

なのに、亜門は何も言ってくれない。そろそろと顔を上げると、亜門は自らも服を脱いでいた。

「にゃ……なんで」

服を脱ぐ仕草にためらいは一切ない。亜門は呆然と見上げる流可をちらりと見て、最後の下着を脱ぎ去った。流可の目は覚えず、その中心に吸い寄せられる。

亜門のそれは、流可のものよりずっと大きく、そして緩く立ち上がっていた。流可の視線を追うようにして、自身も立ちかけたものを見下ろす。それからつぶやいた。

「初めてだな、こういうの」

「……お前。勃起したこと、にゃいのか」

驚いて流可が言うと、亜門は呆れたように見返した。

「そんなわけニャ……いや、ないだろ。ヤるつもりもないのに、勝手に勃起したのが初めってこと」

よくわからない。けれど亜門はそれ以上、説明するつもりはないらしい。裸になって、再び流可を抱え上げた。

「あ……亜門」

「もう少しだけ、我慢して」

素っ気ないその声は、どこか苛立ったように聞こえて、流可は亜門の腕の中でギュッと目をつぶった。

浴室に入り、亜門は熱いお湯を出して流可の身体にかけてくれた。ありがたいけれど、落ち着かない。

「あの、亜門。俺、もう一人ででき……」

「こっちに背中向けて」

訴えたのに、亜門は聞いてくれなかった。強引に流可の身体を反転させると、その背中に熱いお湯をかける。そうして、手のひらでゆっくりと流可の肩を撫でた。

「尻尾が震えてる。可愛いね」

「……っ、や、触ら……」

逃げるように壁に縋ると、亜門の手も追いかけてきて、敏感な尻尾を擦ったり撫でたりした。嫌だと振り払おうとすると、耳をかぷりと甘噛《が》みされた。

「や、あ、あ……っ」

耳と尻尾を同時に刺激され、ぶるぶると震えながら、流可は二度目の精を吐いていた。

「ふ……ぅ、っ」

身体の奥がジンジンする。射精したのに物足りない。性器のもっと裏側が何かを求めて疼いていた。

「イッちゃった？　耳と尻尾が弱いんだ」

背後から、掠れた声がする。決して優しくはない声だ。怖くなって、「ごめんなさい」とつぶやいた。

「ごめ……」

「どうして謝るの」

「ぅ……嫌わないで」

恥ずかしい。身体が疼いて苦しい。でもそれよりも怖いのは、亜門に嫌われることだった。どうしてそれが、こんなに怖いことなのかわからない。何かを考える余裕さえ、今の流可にはないのだ。

「お願い……」

そっと後ろを振り返る。潤んだ視界の向こうで、亜門は目を見開いていた。かと思うと、流可の肩を掴んで乱暴に自分に向き直らせる。そうして、疑うような冷たい眼差しで流可を見下ろした。

「演技じゃないよね、それ」

「にゃ、な、なに……ごめ、なさい」

恐ろしさに震えると、亜門はチッと舌打ちした。苛立たしげに顔を歪めたかと思うと、いきなり流可を抱き締めた。

その腕の力は強く、苦しくなって流可はもがいた。それでも、力は緩まない。

「君はいつも、こっちの思惑の斜め上をいく。これが演技なら大したものだけど」

「う、ちが」

「違う？　もちろん、君に腹芸なんてできない。わかってるんだよ。だから余計に腹立たしい」

腹立たしい？　亜門は怒っている。流可が何か、怒らせるようなことをしたのだ。

「ごめ……」

「謝るな」

冷たい声に、息が止まりそうになった。その時だけは、身体の火照りも忘れた。

腕の中で身を硬くする流可に、亜門は「クソ」と小さく悪態をつく。それからまた、ぎゅうぎゅうと強く抱き締めた。

「君は謝らなくていい。君が悪いわけじゃない」

「ほっ、本当に？」

「ああ。嫌ってもいない。いっそ、君を嫌いになれたら良かったのにね」

抱擁が解かれ、亜門が微笑みを浮かべてこちらを見下ろす。でもそれはやっぱり、いつもの優しい笑みではなかった。碧い瞳は冷たく、唇は皮肉っぽく歪んでいる。

いっそ、流可を憎んでいるのではないかと思えるくらい、その目は冷たいのに、亜門は嫌いではないという。でも、いっそ嫌いになりたいと。

「さもなければ、君が俺を嫌ってくれればいいのに」

どうしてそんなことを言うのだろう。自分たちは恋人同士なのに。その理由がわからない自分は、やっぱり馬鹿なのだろうか。流可は悲しくなった。

「そんなの、無理だ。お前のこと、嫌いになりたくない。嫌いになれない。だって」

（ああ、そうか。俺は……）

その時ようやく、流可は自分の気持ちに気がついた。胸がざわざわして、世界が変わってしまうようなこの感覚。これは、恋なのだ。

（俺、亜門のことが好きなんだ）

いつの間にか、好きになってしまった。最初の頃はただ、嫌みな奴だとしか思っていなかったのに。

「俺は、お前が……」

好きだ、という言葉は、亜門の唇によって摘み取られてしまった。噛みつくように口づけされ、流可は息を詰める。

「ん、ぅっ」

深く、何度も口づけられた。キスの合間に、亜門が囁く。

「それは、口にしちゃいけない」

どうしてなのか、考える間もなかった。火照りと甘い疼きが再び、身体を支配する。流可の唇を貪りながら、亜門の手は流可の肌を愛撫する。尻尾の付け根を握られ、また激しい快感に晒されそうになった。

「や、あ」

逃げようとすると、身体がぴたりと亜門に密着する。擦れた亜門のペニスは、腹に付きそうなくらい反り返っていた。

「流可。君を抱かせて」

「亜門……」

彼も自分に欲情してくれている。心の底からホッとした。潤んだ目で相手を見上げると、苦しそうな碧い瞳とぶつかった。

「可愛い流可。本当に君は、悪魔だよ」

優しい声音で囁いて、亜門は流可の唇を吸い上げる。甘く搦めとるようなキスに、流可は思考を手放し、快楽に身を委ねた。

再び亜門に抱えられて、バスルームから彼の寝室に移動した。リビングの奥のその部屋は広く、大きなベッドが一つあるだけだ。

綺麗に整えられたシーツの上に横たえられ、そこから亜門の執拗《しつよう》な愛撫が始まった。

「ん、……や、亜門」

「流可。顔隠さないで」

枕に顔を埋める流可に、横臥《おうが》してその背中を抱いていた亜門は、甘い声で囁く。猫の耳を軽く嚙まれて、流可の身体はビクンと揺れた。その反応に低い笑いを漏らし、長く器用そうな指先で流可の胸の突起をつまんでコリコリと弄った。

「あ、や……っ」

「ここも好き？」

「好きじゃ……」

「そうかな。弄るたびに、流可のここが震えてるよ」

ここ、ともう片方の手で今度は性器を握る。こすこすと軽く扱かれ、流可は快感にわななきながら達した。

「ひ……っ」

達するといっても、出す物はほとんど残っていない。残滓《ざんし》を吐ききると、あとはヒクヒクと身体を震わせたまま絶頂を繰り返した。

「う……亜門、やっぱり、俺のこと嫌いなんだ」

流可の身体を嬲っては、その反応を楽しんでいる。亜門の中心は張り詰めたままだ。熱く硬い塊が、ぴたりと閉じた流可の太ももから尻のあわいに押しつけられている。

けれど流可からすれば、亜門の態度は余裕たっぷりに見えた。自分ばかりが感じているようで、恥ずかしい。

「嫌いじゃないよ。いじめてるだけ」

「や、やっぱり」

「可愛い子は、いじめたくなるんだよ」

涙目になると、亜門はクスクス笑いながらその目尻にキスをした。

「それに、流可は何もかも初めてなんだろう？　だからちゃんと準備をしないと」

「準備？」

何をどう準備するのだろう。枕に埋めていた顔を上げて後ろを見ると、思いがけず熱い眼差しにぶつかった。綺麗で貴公子然とした雰囲気は鳴りを潜め、まるで魔族のように邪《よこしま》で艶めかしい表情をしている。

　思わずその美貌に見惚れていると、亜門はフッと濃艶に微笑んだ。

「いきなり俺のを入れたら、流可の可愛いお尻は裂けちゃうからね。たっぷりほぐしてからでないと」

「え……あ、あっ」

　亜門の指が流可の双丘の間に潜り込み、後ろの窄《すぼ》まりにつぷりと差し入れられた。

「にゃ、な……」

「俺のを、君のここに入れるんだよ」

　蠱惑的な声がして、後ろをぬくぬくと抜き差しされた。それはもちろん、生まれて初めての感覚で、それなのに自分はずっと、これを待っていたような気がした。

「あ、やぁ……っ」

「思ってたよりも柔らかいな。でもすごく、絡みついてくる。ここに入ったら、気持ちがいいだろうね」

　ごくっと背後で喉を鳴らす音がして、指は執拗に抜き差しを繰り返した。やがてその指先が、内側の浅い部分を突く。

「あ、ああ……っ」

　その瞬間、ビリビリと激しい快感が駆け抜けた。吐精を伴わない、軽い絶頂を迎える。

「魔族も、感じるところは俺たちと同じなんだな。ここを押されると、たまらないだろう？」

「ひ、……っ」

感じるその一点を、亜門はわざと指先で押し上げる。そこに刺激を受けるたび、射精感が込み上げた。

強すぎる快楽が怖い。しかし同時に、身体と心はより深く亜門と繋がることを求めていた。今指を埋め込まれている部分に、亜門の太く硬い物が欲しい。

「亜門……お願い、も……」

「欲しい？」

うなずくと、ギュッと強く抱き締められた。それから横抱きにしていた流可を、仰向けに転ばせる。

「本当は後ろからの方が楽なんだけど。顔を見ながらしたい。いい？」

背後から入れられるのは怖かったから、流可は嬉しくてこくこくと頭を振った。亜門がしたように、自分も相手の首に腕を回して、強く抱く。

「したい。して」

「……流可」

亜門の口が何か言いたげに開き、また閉じた。それから流可の唇にキスをして、腰を抱え上げる。熱い塊が秘孔に触れ、流可は我知らずぶるっと震えた。

「力を抜いて」

あやすような声が言い、熱く硬い物がゆっくりと中に入ってくる。

「ん、あぁ……」

一番太いところを呑み込むと、あとはずぶずぶと抵抗もなく根本まで埋め込まれた。

「流可。全部入った」

亜門は言って、ほっと息を吐く。その表情は男臭く艶やかで、流可の胸はきゅうっと痛くなった。

「痛くない?」

うなずくと、良かった、とキスをされた。

「動いても?」

「……っ、ぅん、あ」

ゆっくりと腰を打ちつけられる。襞がめくり上げられ、内壁を擦られるのはたまらない快感だった。

「あ、んっ」

「ああ……上手だよ。すごく絡みついてくる。気持ちがいい。ぜんぶ……初めてなのにね」

「ふ……ぁ……っ」

腰を揺さぶる速度が、次第に速まってくる。それに従って、向かい合う亜門の表情から余裕が消えていった。

「流可、流可……」

どこか切なげにさえ聞こえる声で、流可の名前を呼び続ける。

ふと亜門の顔を見上げた時、その背中に白く美しいものが広がるのが見えた。

「あ……」

驚いて目を瞬く。目を見開く流可を見て、亜門も背後の変化に気づいたようだった。

「あ、羽。出ちゃった」

ふわりと広がる絹のように滑らかなそれは、純白の翼だった。染み一つない真っ白なそれは、天使の証だ。

元は天使だった悪魔にも翼がある。流可は半分しか悪魔ではないので、翼は生えていない。けれど女王やその他、堕天使の血統を色濃く保つ悪魔たちには翼があった。ただし、長く魔界に住み続けた彼らの翼は漆黒に染まっている。天界を出た悪魔たちが天使と同じ翼を厭《いと》うて、自らの翼を黒く染めたのだそうだ。

だから流可は、こんなにも見事な純白の翼を見たのは生まれて初めてだった。

「綺麗……」

思わずうっとりつぶやくと、亜門は眩しそうに目を細めた。

「流可の方が、綺麗だよ」

「お前、そういうこと……ん、んっ」

抜き差しされて、声が漏れてしまう。ピクピクと震える猫耳を、甘く噛まれた。

「この翼も流可のこれと同じ。発情したり、我を失うと発現する。必要な時は目くらましをかけるけど。君には隠す必要もないから、ありのまま見せるよ」

では今は、本気で感じてくれているということなのだ。嬉しかった。

亜門が動くたび、背中の翼が揺れる。翼に触りたいと思ったが、手が届かなかった。

「翼より、俺を見て。流可」

「ん、ごめ……すごく、綺麗だから」

「こんな翼より、君の方が綺麗だって」

「……ぅや、あっ、あっ」

流可は快楽に翻弄《ほんろう》されながらも、余裕を消して腰を振る亜門にたまらない愛おしさを感じた。

「あ……亜門、亜門……好……」

好き、と口にしようとして、それに気づいた亜門は人差し指で流可の唇を塞《ふさ》いだ。

「ダメだよ。それは言っちゃダメだ」

情欲に浮かされた瞳の奥に、真剣な色がある。流可が好き、という言葉を発せられないように、亜門は唇を塞いだのだ。同時に激しく、腰が打ちつけられる。

「亜門……ダメ……あ……」

「流可。可愛い、流可……」

快楽に流され、次第に何が何だかわからなくなった。どうして好きと言ってはいけないのか、深く考える暇も与えられず、ただひたすら亜門から与えられる快楽に流される。

「流可」

亜門も、愛の言葉は口にしなかった。代わりに何度も流可の名前を呼んだ。腰を穿《うが》ち、流可が感じる部分を何度も突き上げる。

「亜……門、も、ダメ……」

「中が締まってきたね。俺も、もうイキそう」

せり上がる射精感にたまらず縋りつく。亜門も何かを堪《こら》えるように眉をひそめ、さらに激しく腰を穿った。

「ん、あ……っ」

感じる部分を突き上げられ、流可は身を震わせながら絶頂を迎えた。亜門はそんな流可を抱き締めると、ぐっと深く自身を突き立てた。

「……っ」

低く呻く声が聞こえ、じわりと温かいものが中に放たれるのを感じる。

しばらくの間、二人は絶頂の余韻《よいん》を味わうように抱き合っていた。やがて亜門が顔を上

げ、こちらを見つめる。

「流可……」

名前を呼んで、何か言いたそうにするのに、何も言わない。

「亜門?」

どうしたのだろう。首を傾げると、亜門は甘く微笑んでキスをした。無言のままで、キスだけを繰り返す。

(……亜門、好き)

流可も、言ってはいけないと言われたから、心の中でつぶやいた。

亜門が好きだ。好きな相手と身体を繋げる幸福に、流可はうっとりと浸った。

五

――キウイフルーツとは、マタタビ科マタタビ属、蔓性《つるせい》落葉樹の果実である。

「……だからか」

流可は自室の勉強机で、ぱたりと分厚い辞書を閉じた。その上に頭を載せて、大きなため息をつく。まさかキウイに、マタタビと同じ効能があったとは知らなかった。

一昨日の夜、亜門に抱かれた。

それまでキス止まりだったのに、事に至った原因はキウイを食べて発情したせいだ。何度も達したのに治まらず、そんな流可の身体を亜門もまた、ベッドの上で二度三度と貪った。

最後は流可の方がヘトヘトになり、許してと懇願した。けれど亜門は許してはくれず、それどころかさらに劣情を催したように、荒々しく抱き続けた。

おかげで途中から意識を手放してしまい、気づいた時には身体が綺麗に清められ、サラサラのシーツと布団に寝かされていた。

事後、一緒に風呂に入ったのだと亜門は言っていたが、まったく覚えていない。

目覚めたのは翌朝、それもずいぶん日が高くなってからのことだ。ぐーすか眠っていたら、軽く揺さぶられ、起こされた。

「今から出かけないといけない。こんな時に、ごめんね」

寝ぼけて頭がついていかない流可に、亜門は急な仕事が入ってしまったのだと謝った。

「どこか痛くない？　君を風呂に入れた時に、確認はしたんだけど」

痛いところはなかった。でも、だるくて眠い。そう答えると、まだ寝てていいよと言われた。

「昨日は無理させたからね。サンドイッチを作っておいた。お腹が空いたら食べて。それと、帰りは遅くなるから合鍵を置いていく。出る時はこれを使って」

ごめんね、とまた謝って、ぼんやりした流可にキスをすると、慌ただしく出かけて行った。枕元には合鍵が置かれていた。

それからまた、いつの間にか眠ってしまい、気づくと夕方だった。しばらく待ったが亜門が帰る気配はなく、流可は彼が作ってくれたサンドイッチを食べて亜門の部屋を出た。

夜のずいぶん遅い時間になって、亜門から「また連絡する」という内容の、いささか素っ気ないメッセージがスマートフォンに届いた。

「亜門、今日も仕事なのかな」

自宅に戻って一夜が明け、昼になっても、亜門からの連絡はない。忙しいのだろうか。

猫耳と尻尾はもう、跡形もなく消えている。昨日、目が覚めたら引っ込んでいた。家に戻ると何も変わらぬ日常が待っていて、亜門に抱かれたことが夢のように感じられた。

でも、夢ではない。その証拠に、亜門に穿たれた後孔にはまだ、感覚が残っている。昨晩、自宅のバスルームで鏡を見た時には、身体のあちこちに赤い花びらのようなキスマークが散っていた。

首筋など、服を着ていてもわかる位置にも跡があって、たぶん使用人たちにはバレバレだったと思う。

そもそも一昨日は無断外泊だったのだが、まったく心配されていなかった。

みんな何も言わなかったけれど、ダミアンはやたらと機嫌が良かったし、ヴィクターは夕飯に赤飯を炊いた。クーリンはちょっと出かけてきますと言って、駅前の洋菓子店でホールケーキを買って帰ってきた。

ピアスのデータは確認していない。ダミアンから、ピアスを渡すようにとも言われなかった。確認しなくても、わかるからだろう。

「百五十万ポイントか」

あの夜、何度も身体を合わせ、数えきれないほどのキスをした。きっと今までにないくらい、ポイントが貯まっているはずだ。

なのにどうしても、流可はそれを喜べなかった。

(俺、亜門が好きなんだ)

いつの間にか、本気で天使に恋をしていた。そのことにあの晩、気がついた。

好きな相手に抱かれて、幸せだった。これで亜門も流可を好きだと言ってくれたら、仕事は成功し、大手を振って魔界に帰れる。

——でも、亜門は？

流可は気づいてしまった。でも馬鹿だから、本気で恋をするまで気づかなかった。

亜門が流可への思いを口にしたら、その場でゲームオーバー。流可は晴れて魔界に帰り、次期魔王になれるけれど、反対に亜門は天界から堕天使の烙印を押されてしまうのだ。

(そうしたら、亜門はどうなるんだろう)

魔界の法律と同じように、天界を追放になるか、最悪の場合は死刑になるのだと聞いている。

追放ならば、魔界に連れて行くこともできる。けれど、極刑を言い渡されたら。

「嫌だ、そんなの」

それに、たとえ極刑を免れたとしても、亜門は天使ではなくなる。下級天使の生まれから、必死の思いをして中級まで出世したのに。更生保護官になって人間界に降り、さらなる出世を目指していたというのに。

流可への愛を認めたら、今までの努力も辛酸《しんさん》もすべてが無駄になるのだ。

亜門の悲しむ姿を想像して、自分も悲しくなった。もう、こんな仕事は辞めてしまおうか。そもそも自分は本当に、魔王になりたかったのだろうか。

魔界を統べる王になど、向かないことは自分が一番よくわかっている。母である女王が後継者に他の子供を選んだと聞いた時、心のどこかで「やっぱり」と思った。

自分は、王になりたいわけではなかった。ただ、認められたかったのだ。

女王の第一子なのに、流可は悪魔貴族ではない。ただの猫妖精の子供だと、王侯貴族からは馬鹿にされて育った。そんな彼らをいつか見返してやりたいと思っていたし、何よりも母親に認めてほしかった。

さすが私の息子だと、誇らしげな、あるいは温かな眼差しを一瞬でもいいから向けてほしいと思った。

だから、人間界に降りて一億ポイントを稼ぐなどという、無謀な賭けに乗ってしまった。愚かで利己的な計画に、好きな相手を巻き込みたくない。かといって、自分には人間を堕落させて一億ポイントを達成することはできないだろう。

別の天使を見つけて、ターゲットを変えようか。でも亜門としたようなことを、他の天使としなければならないのだ。

考えて、ぶるっと頭を振った。亜門以外の誰かとキスや、ましてセックスなんてしたくない。ああいうことは、好きな人とだけしたかった。

女王との約束を反故《ほご》にして、ずっと人間界に留まろうかとも考える。自分はいい。でもダミアンたちは？

流可がポイントを貯めて、魔界に帰ることを楽しみにしている彼らのことを思うと、とても辞めるとは言えない。

考えれば考えるほど八方塞がりになって、流可は悩んでいる。

「流可様、お昼ご飯ができましたよ」

頭を抱えていると、一階からヴィクターの声がした。悩んでいても腹は減る。食堂へ行くと、流可の皿の横に鍵が置いてあった。

「あ……これ」

それは亜門の部屋の合鍵だった。どうしてここにあるのだろう。首を傾げていると、クーリンが珍しく「ダメですよ、流可様」と強い口調で流可に注意した。

「それ、裏のアパートの合鍵でしょう。洗濯に出したズボンのポケットに入ってたそうですよ。亜門さんから預かったのなら、きちんと管理してくださいね。鍵を落としたりしてなくしたら、付け替えないといけないんですから」

不動産屋らしい忠告をされ、流可は「ごめん」と謝った。

昨日、亜門の家から出る時に使って、尻のポケットに入れたままだった。せっかく亜門が貸してくれたのに。彼に抱かれたという事実を受け止めきれず、ぼんやりしていた。

「亜門さんと、どういうお約束をしたのか知りませんが、借りてるだけなら早く返した方がいいですよ。最近特に、店子さんの鍵のトラブルが多くて」

クーリンが愚痴っぽく言う。

「わかってるよ」

確かに、鍵をなくしたら困る。今日にでも返しに行かなくては。でも、亜門に会ってどんな顔をしていいのかわからなかった。

（これから、どうすればいいんだろう）

亜門に会いたい。でも、これ以上は巻き込みたくない。

それでもとりあえず、鍵を返すという亜門に会う口実ができた。食事を終えると、リビングのソファでお茶を飲みながら、嬉しさと躊躇《ためら》いの混じった複雑な気持ちで、亜門に連絡をした。

少し経ってから、今日は仕事があるので会えないという返事が返ってきた。明日ならいいという。午後四時に、家に来てくれと指定された。

（忙しいんだな）

もしかして今頃、流可が以前に駅前で見かけたように、ターゲットとイチャイチャしたりしているのだろうか。

流可と恋人になってからは、キスもエッチもターゲットとはしていないと言っていた。でもそれ以前は、流可にしたようなことを他の人にもしていたのだ。

過去のことだとわかっていても、胸がチクチク痛む。これは嫉妬だ。亜門の周りにいる誰も彼もに嫉妬している。

恋というのは、こんなに激しいものなのか。それとも流可が特別嫉妬深いのだろうか。

(でも俺に、嫉妬する権利なんかないのに)

自分は亜門をターゲットにしている。好きな人を騙しているのだ。そればかりか、彼を破滅させようとしている。

「流可様」

ソファの上で、煩悶《はんもん》しながらスマートフォンの画面を見つめていると、不意にダミアンがひらりとソファに飛び乗ってきた。金色の目でじっと流可を見る。

「何か、亜門さんとありました?」

「え、な、何かって、そりゃあ……」

一昨日の夜のことを尋ねたのだと思い、流可はうろたえた。何かあったに決まっている。

「べ、別にナニってほどでもないけど……無断外泊して、悪かったよ」

赤くなってモゴモゴ言っていたら、ダミアンにため息をつかれた。

「そういうことじゃないですよ。一昨日、亜門さんちに泊まって何があったかは、大体わかってます」

「で、ですよね」

しかし、改めて口にされると気恥ずかしい。

「そうではなくて。何か、嫌なことがありましたか？　亜門さんに、意にそぐわぬことをされたとか。嫌がることを無理矢理されたってことはないですか」

「ないよ。そんなこと、亜門はしない」

流可は慌てて否定した。ダミアンはなおも真偽を確かめるように、流可の顔を見つめた。やがて納得したのか、ペロペロと毛づくろいする。

「それならいいんですけど。たとえポイントを貯めるためでも、本当に嫌なことを我慢して続けることはないんですからね」

顔を洗いながらそんなことを言うから、流可はびっくりした。

「だって、ポイント稼がないと魔界に帰れないだろ。魔王になれないし」

いつも流可に、堪え性がないとか小言を言っていたのに、どういうわけだろう。

「そりゃあ、流可様が魔王になったら嬉しいですよ。我ら一族の地位も向上しますし。何より流可様が、貴族や兄弟親戚たちにいじめられることもなくなりますからね。でもね、何事にも優先順位があるんです」

「優先順位？」

「一番大事なのは、流可様の幸せです。幸せになるために魔王を目指してたのに、その過程で不幸になってたんじゃ、本末転倒でしょう」

「ダミアン……」

小言ばかりで自分では何もしないキジトラ執事が、そんなふうに考えていたなんて。じんと胸が熱くなった。

「まっ、私の心配は杞憂《きゆう》だったようですね。ですが、くれぐれも無理をなさらぬように。何か手に負えないことがあったら、ご自分で抱え込まずに我々に相談してくださいね」

言うと、ダミアンはトンとソファを降り、庭に面したリビングのサッシを魔力で開けて、散歩に出かけて行った。

「……ありがとう」

気ままなキジトラ尻尾が庭の植え込みに消えて行くのを見送りながら、流可はぽつんと礼を言った。

同時に、自分にとっての幸せとは何なのか、考える。一億ポイントを貯めて、次期魔王になれれば幸せになれるのだろうか。

流可にとって、幸せとはそういうことではない気がした。少なくとも、愛する人を陥《おとしい》れ破滅させてまで、得るものはないと思う。

けれど、このまま何もしなかったら、使用人たちは魔界に帰れない。彼らは流可にとって家族に等しい、大切な存在だった。彼らが不幸になるなら、流可も幸せにはなれない。

どうすればいいのか、考えても考えても、答えに辿り着けなかった。


煩悶している間に、翌日の午後になった。午後四時に、亜門のところへ鍵を返しに行く約束をしている。

一晩考えても自分にとっての幸せが何なのか、答えは出なかった。さりとて、このまま亜門を騙し続けることもできない。迷い続け、それでも亜門に会えるのは嬉しかった。

彼に抱かれてから、初めて顔を合わせる。どんな顔をすればいいのかわからないが、それでも会いたい。

約束の時間が近づくにつれ、気分がソワソワ落ち着かなくなった。結局待ちきれず、約束の時間よりも少し早く家を出た。

わざわざ時間を指定したくらいだから、仕事から帰ってきていないかもしれない。不在なら部屋の前で待とうと思っていたのだが、それは無用の心配だった。

家を出て角を曲がったところで、前方にアパートへ向かう亜門の背中を見つけた。すぐに声をかけなかったのは、彼が一人ではなかったからだ。

亜門は同じ背格好の、赤毛の男と並んで歩いていた。

(あいつ、天使だ)

身に纏う空気でわかる。人間ではない。そして魔界の匂いもしないから、赤毛も天使なのだろう。

出て行くべきか迷っている間にも彼らはアパートへと進み、流可も後ろからコソコソ追いかける羽目になった。

彼らはアパートの前に着くと、亜門の部屋がある二階には上がらず、外階段の裏側へ人目を忍ぶように回り込んだ。

流可も仕方なく、彼らに見つからないよう、アパートの門の陰に身を潜める。

「ここでか？　てっきり、お前の部屋で話をするんだと思ってたんだがな」

赤毛が不服そうに言うから、階段の陰で立ち話をするのは、亜門の指定だったらしい。

その亜門は、赤毛の男ににこりともせず、ぶっきらぼうに答えていた。

「他人を自分のテリトリーに入れるのは好きじゃない」

「は。ならどうして、こんな場所を指定したんだか」

平日の夕方、この辺りではあまり人通りが多くない。今のところ通行人もいないので見られる心配は少ないが、階段の陰で二人の男がコソコソ話をしているのも、それを覗き見るように流可がアパートの門に潜んでいるのも、端から見るとかなり怪しかった。誰かに聞かれたくない話なら、もっと公園とかいろいろあるだろうと、流可でも思う。

「こっちの都合だ。場所なんかどうでもいいだろう。そんなことより情報を寄越せ。お前には、毎回安くない金を払ってるんだからな」

亜門の男に対する態度は素っ気ない。話す口調も普段とは違っていた。表情もなく、美しい容貌がことさら冷たく見えた。

「わかってるよ。だから俺も、お前には特別上等なネタを毎度回してやってるんだ。例の魔界の第一王子だって、誰より早くお前に渡したんだからな」

突然、自分のことが会話に上って、驚いた。亜門はこの胡散臭い天使に金を払って、流可の情報を手に入れていたのか。いつ、どんな情報を、何のために？

「そういえば、この近くだっけか。王子様が住んでるの」

「この裏だ。ちなみにここは、王子様の所有する物件」

正しくは、流可が所有しているのではなく、流可の執事の物件だが。

「へえ。ガッチリ食いついてるんだ。さすがだな。いいネタを回した甲斐《かい》がある」

「いいネタ？　どこが。第一王子だっていうから期待していたが、ただ長男だってだけのみそっかすじゃないか。父親は猫妖精で、何の後ろ盾もないなんて聞いてないぞ。あいつを落としたって、女王は痛くも痒くもないだろうよ」

苛立った様子の亜門に対し、赤毛の男は愉快そうに笑う。

「ちゃんと教えといたはずだぜ？　母親の女王は大して期待してないが、本人が張りきって人間界に降りてるって。一億ポイント集めれば次期後継者にしてやると、女王が約束したらしいな」

「ああ。本人は頑張ってるよ。天使の俺を落とそうと躍起《やっき》になってる」

亜門がさらりと口にした言葉に、心臓が止まりそうになった。流可がターゲットにしていることを、彼は知っていた。

「へえ、お前を？　ヤリチン腹黒で、やることは悪魔より悪魔らしいって評判の亜門を？　すげえ度胸だな。けど、それで？　猫妖精だろうがみそっかすだろうが、王族には変わりない。彼、流可ちゃんだっけ。落とせば二億ポイントだ」

「魔族的な表現はよせ。俺が流可にしているのは『更生』だ」

耳を塞いでいれば良かった。けれど、聞いてしまった。知ってしまった。

自分が亜門を堕落のターゲットにしていたのと同じく、亜門は流可を更生のターゲットにしていたのだ。

流可が付き合ってくれと言った時、承諾したのは、流可と同じ理由でポイントを稼ぐためだった。

いや、彼は流可よりもさらに周到だった。亜門が流可の真裏に引っ越してきたのも、偶然ではなかった。

「俺はもう天使じゃないから、白々しい建前なんか言わねえよ。更生だろうが堕落だろうがどっちでもいい。それより、魔界の第一王子とよろしくやってるんだろう。そいつに好きだって言わせれば二億ポイント、晴れて上級天使の仲間入りだ。今さらどうして、別の悪魔を紹介する必要がある？」

「事情が変わった」

二億ポイント、更生。単語がぐるぐると流可の頭の中を回る。

亜門は、上級天使を目指していると言っていた。そのために、二億ポイントが必要だった。だから流可に近づいたのだ。流可が一億ポイントを貯めて次期魔王になるべく、亜門に近づいたのと同じように。

自分は本当に馬鹿だった。どうしてその可能性に気づかなかったのだろう。

近所に天使が引っ越してきたのも、拙《つたな》い流可の仕事ぶりに絡んできたのも、流可が付き合ってくれと言い、あっさり快諾したのも、それから先日、流可とセックスしたのさえ、彼の計画の内だった。

むしろそうでなければ、亜門のようなエリートで何もかも完璧な男が、流可の恋人になどなってくれるはずがないのだ。

「事情？　目の前の二億ポイントを捨てるなんて、どんな事情だよ」

「お前には関係ない」

「話してくれなきゃ、情報はやらないと言ったら？」

「お前、今日はやけに絡むじゃないか。……別に。流可って魔族が、思ってた以上に面倒臭い奴だったってだけだ」

吐き捨てるように、亜門は言った。その声は針のようにグサグサと、流可の心臓に突き刺さる。これ以上は聞きたくないのに、どうしてかその場を立ち去ることができない。

「魔族のくせに、俺が手を出すまで経験がなかったんだ。初心《うぶ》で一途なんて、面倒臭い。更生して魔界を追放されても、俺に付いて『天界に行く』なんて言われたら困る。二億ポイントもらって階級を特進させたいが、のちのち面倒になるのは避けたいんだよ。流可なんて面倒で役に立たない魔族は早く切り捨てて、他の悪魔を口説《くど》きたい。できれば次はもう少し魅力的で、こっちから抱きたいって思えるような悪魔がいいんだけどな」

無情な言葉が、亜門の口から次々に溢れる。そんなに、流可はひどかったのか。そこまで自分は亜門に嫌われていたのか。彼の言葉があんまり残酷だから、笑ってしまいそうになった。

本当にひどい言われようだ。でもなぜだか、亜門自身をひどいとは思わなかった。だって流可に魅力がないのは、事実なのだから。

「もう、流可はいらない。ここもすぐに引っ越すし、あいつとはとっとと別れたいんだ。面倒なことになる前に。だから早く、新しいターゲットの情報をくれよ」

「……亜門。お前、やけに必死だなあ？」

もう、これ以上はいいだろう。聞く必要はない。流可は踵を返した。こっそり立ち去るつもりだった。

なのに、去り際に何でもないところでつまずき、アパートの入口に置いてあった自転車を倒してしまった。ガタンと派手な音が辺りに響く。自分は、どうしてこんなにどん臭いのだろう。

亜門と赤毛の男が、勢いよくこちらを振り返った。ばっちり亜門と目が合ってしまう。

彼は冷たく碧い瞳をすがめ、冷めた眼差しで流可を見下ろした。

「あ、あの、俺……」

「立ち聞きなんて感心しないね、流可」

けど、と亜門は残酷に続ける。

「聞いていたなら話が早い。そういうわけだから、恋人は解消してくれないかな。子供のお守りをするのは、もうウンザリなんだよ。せっかく君の処女をもらったけど、ちっとも気持ちよくなかったしね」

「良く、なかった？」

「少しも。君の方は初めてとは思えないくらい、よがってたけど。君ときたらマグロだし、馬鹿みたいに縮こまってるしさ。感じてるふりをするのが大変だったよ。マナーだと思って、頑張ったんだけど。もう君とはやりたくないね」

亜門がそう言うのだから、本当に良くなかったのだろう。

「……ごめん」

謝ることしか思いつかない。けれど亜門は、チッと忌々《いまいま》しそうに舌打ちした。

「なんで『ごめん』なんだよ。こんなにひどいこと言われて謝るなんて、お前、本当に馬鹿なのか？」

「そういう言い方はないだろうよ。ひどい男だなあ。可哀そうに流可ちゃん、泣きそうじゃねえか」

それまで傍観を決め込んでいた赤毛の男が、突然声を上げた。ひどいと言いながら、ニヤニヤと人を食った笑みを浮かべている。

「こんな奴のことは放っておいて、おじさんと遊ぼうか。なあ、亜門。もうお前がいらないなら、この子は俺がもらってもいいよな？」

馴れ馴れしく肩を組んでくる。いつもなら振り払っているところなのに、身体が動かなかった。

「ご自由にどうぞ。けど流可、この男はもう天使じゃないから。堕落させたってポイントにはならないよ」

「あ、俺は……」

流可は赤毛の男を見上げた。男はニヤッと笑う。

「君は天使をターゲットにしてるんだろ？　亜門はあの通りだから、俺が新しい天使を紹介してあげるよ。もちろん、料金はもらうけど」

「俺、お金ないから」

「いいよいいよ。身体で払ってもらうから」

「な……ちょっ」

男は強引に流可を抱き締め、顔を近づけてくる。ゾッと怖気《おぞけ》を震った。しかし男の唇が頬に触れる寸前で、亜門が男の肩を掴み強引に引き剝がした。

助けてくれた……一瞬、そう思ったけれど、亜門は流可を見ていなかった。

「おい。そっちより俺の用件が先だ。情報を寄越せ」

「情報ねえ」

男は相変わらずニヤニヤ笑っている。立ち尽くす流可に、亜門はちらりと一瞥をくれた。

「いつまでいるんだ。帰れば？　邪魔なんだけど」

冷たい声が言う。そういえば、どうして自分はここに来たんだっけ。

「あ、鍵……」

彼に抱かれた日、流可に預けられた合鍵。返しに来たのだった。震える手で差し出すと、ひったくるように取り上げられた。

それきりもう、亜門は流可を見ない。流可は踵を返し、元来た道をトボトボと歩き始めた。

「流可ちゃん、可哀そうになあ。震えてたじゃないか」

背後で、追い打ちをかけるように男の声がする。

「大丈夫だろ。家に帰れば執事たちが慰めてくれるさ。そんなことより、こっちに集中しろよ」

亜門にとって流可はもう、「そんなこと」なのだ。

（ダミアンたちに、何て言おう）

どうして、こうなったのだろう。うまくいったと思っていたのに、これからどうすればいいのだろう。

何もかもが突然すぎて、頭が追いつかない。

自分が悲しいのかどうかすら、よくわからなかった。

家に帰るとすぐ、流可は自室にこもった。ダミアンたちに合わせる顔がなかったのだ。

流可がうまくやっているとあんなに喜んでいたし、流可自身も、まだ現実が受け止めきれていない。

（ぜんぶ、亜門の計算だった）

ターゲットにして、利用したつもりが逆に利用されていた。

自分はあまりにも間抜けだった。恋人にしてくれ、なんて言って、あの腹黒天使が何の策略もなしに流可と……第一王子だということ以外に何の取り柄もない魔族と、付き合おうなんて言うはずがないのに。

流可はまんまと引っかかり、亜門を本気で好きになってしまった。今だって、あんなにひどい言葉を投げつけられたのに、彼を嫌いになれない。

（でも、そういうのが面倒だって思われたんだろうな）

流可が何も気づかず「亜門が好き」と告白していたら、亜門はそのまま二億ポイントを得ることができた。でも、そうしなかった。

その理由は流可が、思っていた以上に面倒臭い奴だったから、だそうだ。

天界について行くことは考えていなかったが、亜門を愛してしまい、本来の目的を見失いそうになっていたのは確かだ。そういう気持ちを、見抜かれたのかもしれない。

どのみちこうなっては、亜門との関係は終わりだ。

流可は自室の専用端末を使い、ピアスの情報を呼び出した。

――こちらは、天魔界共有機構です。

――ナンバーT×××〇九四。対象者名・亜門。種別＝中級天使。職業＝更生保護官。

――ステータス＝契約継続中。

あんなことがあったのに、亜門をターゲットとした登録は、まだ解除されていなかった。

システムのヘルプ機能を呼び出して検索する。

対象が天使、または魔族の場合、ターゲットがはっきりと堕落や更生の意志を表明するか、もしくは登録者本人が任意に解除しない限り、システムによる自動解除は発生しないらしい。

さらに、中途解除によるペナルティも、対象が人間の場合に比べてかなり緩和されるようだ。

――ターゲットが人外の場合による中途解除の特別措置法第千百六十四条（人外特例）（二十八年四月施行）……既得ポイント数の九十五パーセントを減額し、残りの五パーセントをペナルティポイントとする。

現在、亜門をターゲットとして稼いだポイントは四百三十万ポイント。つまり今の段階で中途解除すると、ペナルティは約二十一万五千ポイントとなる。

亜門の側も、これは同じだ。お互いにターゲットにし合っていたのだから。

「良かった。ペナルティは、今までの貯金で何とか払える」

二十一万五千ポイント。流可には大金だが、亜門にとってはそれほど高額ではあるまい。

「……良かった」

もう一度、つぶやいた。それから、何が良かったのだろうと自問する。

流可は、すんでのところで身の破滅を免れた。だから良かった。スタート地点に戻ってしまったけれど、今ならまだ、ギリギリやり直せる。

あの赤毛の男に金を払えば、新しい天使を紹介してもらえるだろうか。そうして亜門以外の天使をターゲットにし、必要とあれば身体を重ねて、堕落させて一億ポイントを手に入れるのだ。

そうすれば、魔界に帰れる。そうしないと、二度と帰れない。

流可は別に帰りたくはなかった。生まれ故郷は自分にとって、あまり居心地のいい場所ではない。人間界の方がずっと自由で住みやすい。身内に蔑《さげす》まれたり、馬鹿にされて惨めな思いをすることはない。

それでも、ダミアンたちは故郷に帰してやりたかった。流可の浅はかでわがままな思い付きに付き合わせて、人間界まで連れてきてしまったのだから。

大切な彼らのためにも、魔界に帰らなくては。

一億ポイントを貯めるためなら、好きでもない相手と身体を合わせるくらい、何ということもないはずだ。

(亜門もこれからまた、俺以外の誰かを抱くんだ)

流可より面倒臭くない、もっと一緒にいて楽しい相手を。

気がつけば、ぽたぽたと端末の上に涙の雫《しずく》がこぼれていた。

「……嫌だ」

本当は嫌だった。亜門とこれきりなんて嫌だ。

もう、亜門以外の誰とも身体を重ねたくなかった。彼以外となんて考えられない。亜門が流可以外のターゲットを抱くのも嫌だ。

流可は亜門が好きだ。でも、亜門は流可を好きではない。

嫌でも、心を殺してでも次のターゲットを見つけるべきなのだろう。一億ポイントを稼いで、魔界に帰る。それで流可は、次期魔王になる。

(でも俺が、魔王になんてなれるのかな)

頭が悪くて、気が利かなくて、普通なら誰もが気づくようなことに気づけない、こんな馬鹿な魔族が。

もっと魔界を統べるのに相応しい後継者が、母にはたくさんいる。自分である必要はないし、流可でない方がいい。

どうしても魔王になりたいわけでもなかった。

むしろ、このままでいい。流可は故郷の魔界より、人間界が好きだ。大切な家族たちと一緒に、時々はうまくいかない仕事に小言を言われながらも、この二年間はとても楽しかった。

それにすっかりフラれてしまったけれど、初めて誰かを本気で好きになった。騙されていたにしても、幸せだった。

（そうだ俺、幸せだったんだよな）

人間界に出てきて良かったと思う。浅はかに魔界を出てしまったが、後悔はしていない。むしろあのまま、魔界でいじけた生活を送らなくてよかった。

亜門に一度でも優しくしてもらったからか、それとも恋をしたせいか、魔王になって母に見直してもらいたい、という欲求は薄らいでいた。

だから、もういいのだ。

流可はごく自然に、そう思った。もういい。これから、好きでもない相手と身体を重ね、無理に一億ポイントを貯めるようなことは、もうしたくない。

途中で諦めて、だらしがないとダミアンに怒られるかもしれない。でもそれでも、これが自分なのだと今は素直に受け入れられる。

（これからのこと、考えよう）

自分を認められたら、すとんと、不思議に気持ちが落ち着いた。考えようと言いながらも、もう決心がついたからだ。

魔王にはならない。一億ポイントを貯めることもない。だから、魔界には帰れない。

でも、ダミアンたちはちゃんと魔界に帰す。今まで使用人たちに頼りきりだったが、それだけは主人としてやらなくてはいけない。

その方法を、これから考えるのだ。

部屋にこもって考えて、やがて流可は思いついた。端末を使って、魔界と連絡を取る。

それから部屋を出た。その頃にはもう夜も更けていたけれど、使用人たちは三人とも、リビングに集まっていた。

「流可様」

何かあったことに気づいているのだろう。ダミアンは、いつになく心配そうに流可の顔を覗き込む。

「流可様、お腹空いてませんか」

クーリンが優しい口調で尋ねた。流可が首を横に振ると、ヴィクターはいそいそとキッチンへ行き、みんなの分のお茶を淹れてくれた。

使用人たちは流可が口を開くまで、何も聞かなかった。

「三人に話があるんだ。これはお願いで、それから命令でもある」

ヴィクターのお茶を飲んでから、流可は自らの決定を使用人たちに告げた。主人と使用人という関係だったけれど、今まで三人に命令したことはない。

それは流可の、最初で最後の願いであり命令だった。

　翌日の午前中、再び亜門のアパートに行くと、彼は不在だった。流可は一度家に戻り、夜になって出直した。

　もう、急ぐ必要もない。不在だったらまた改めよう、という気持ちで亜門の部屋のインターホンを押す。

　アパートのインターホンは全室、カメラ付きだ。しばらくして、怪訝そうな、迷惑そうな応えがあった。

『……流可？』

「いきなりごめん。話がしたくて」

　カメラの前でどんな顔をしていいのかわからず、流可はそっとうつむく。またしばらく沈黙が続いた後、唐突に玄関のドアが開いた。

　ドアチェーンはかけたまま、中から不機嫌そうな美貌が顔を覗かせる。

「何？　話なら昨日、終わったはずだけど」

　冷たい目で睥睨《へいげい》され、もう傷つかないと思っていたのに、また胸が痛くなった。でも、そんなの今さらだ。

「最後に、言いたいことがあるんだ。居座ったりしないし、すぐに帰るから。中に、入れてもらえないか」

亜門は無言のまま、真意を量るようにじっとこちらを見つめた。やがて大きなため息をつき、一度ドアを閉めると、チェーンを外して流可を迎え入れた。

「五分だけなら。この後、仕事で出かけるんだ」

そういう彼は上着を脱いでいるが、いつものスーツ姿だった。

こんな遅い時間に。仕事で、対象者に会って何をするのか。話だけではないかもしれない。胸がまたチクリと痛んだが、気づかないふりをして「ありがとう」とだけ言った。

中には入れてくれたが、亜門が廊下を塞ぐように立っていたので、それ以上、奥には入れない。話なら玄関で十分、ということなのだろう。

四日前、この部屋で二人きり、楽しい食事をして彼に抱かれた。ほんの数日経っただけなのに、二人の関係はまるで違ってしまっている。

「俺みたいな男の部屋に行くのは、執事さんたちに、反対されたんじゃないの？」

どう切り出そうか迷って黙り込む流可に、亜門は焦れたように言った。

「いや。ダミアンたちは、引っ越しの準備で忙しいから」

「引っ越し？」

「魔界に帰るんだ」

「ああ、そう」

亜門はそこで、少しホッとした顔をした。これで厄介払いができた、と思っているのかもしれない。

「それで、言いたいことって？　恨み言かな。俺を殴りに来た？」

亜門は皮肉っぽく、唇の端を歪める。流可はブンブンと首を振った。

「違う。恨んでなんかない。お互いに仕事だったけど、付き合えて楽しかった。幸せだったよ。お礼を言いたくて」

「はあ？」

相手は苛立ちを隠さなかった。「何言ってんだ」と、吐き捨てるように言われた。

「ヤリ捨てした相手にありがとう？　本当にお前、頭が沸いてんのか」

粗雑で乱暴な口調で言う。今まで貴公子然としていたけれど、本来の亜門は、こうなのかもしれない。

「うん。俺、馬鹿なんだ。だからお前に言われたこと、悲しかったけど、恨むなんてできない。デートも楽しかった。え、……え、エッチも、すごく気持ちよくて、幸せだった。俺のこと嫌いだったのに、大事に抱いてくれて、ありがとう」

「やめろ」

本当に怒っている。何もかもが彼を苛立たせる。これからすることは、流可の自己満足だ。亜門はもっと怒って、流可を嫌いになるかもしれない。

「心配しなくても俺、付き纏ったりしないよ。これでお前に会うのも最後にする」

「……せいせいするね。とっとと出て行ってくれるとありがたい」

「うん。だから、最後にこれだけ言わせて。ありがとう。俺、知ってると思うけど、お前を堕落させて、一億ポイント稼ぐつもりだったんだ。一億ポイント稼げれば、魔界に帰って次期魔王になれるから」

亜門はうんざりした顔でうなずく。それから馬鹿にしたように歪んだ笑みを浮かべた。

「ああ、知ってる。俺も君を更生させるために近づいた。出会ってから野良猫みたいにフーフー威嚇してきた君が、いきなり恋人になってくれって言い出した時はびっくりしたけどね。俺は君みたいに場当たりでやっつけな方法じゃなく、もっと計画的に、時間をかけて自然な形で恋人になるつもりだった」

予定は狂ったが、むしろ歓迎すべき番狂わせだった。ちょっと優しくしただけで、流可はコロリと亜門に懐いた。

「計算外だったのは、君が初心すぎたことかな。思っていた以上に面倒臭い、重いターゲットだった。更生して天界についてくるなんて言われたら、困るんだよ」

「……俺、そんなこと言わないよ。ただ、言いたくて」

「礼ならさっき聞いた。本当に面倒臭いね。そんなこと言われて、俺が喜ぶとでも？」

流可は小さくかぶりを振った。わかっている。これから言うこと、することだって、きっと亜門は喜ばない。また重いと言われるかもしれない。

「ただの俺の、自己満足なんだ。でも俺、嬉しかったから。ずっと魔界で引きこもってて、誰も好きになったことなかった。恋をするってどんなことかわからなかったし、魔界にいたら、これからもわからないままだった」

自分の周りの景色が一変するような、あの感覚。恋人と過ごすふわふわとした夢のような時間。それも全部、亜門がくれたのだ。

しかし流可の言葉を聞くなり、亜門は大きく目を見開いた。

「だから、俺……」

「おい」

端整な顔が強張って、流可の言葉を強く遮《さえぎ》る。

「そんなゴタクは聞きたくない。その口を閉じろ」

「嫌だ。最後だから言いたい。俺、亜門を好きになって良かっ……っぐ」

血相を変えた亜門が、流可の口を手で塞いだ。「黙れ！」といつになく焦った様子で叱責する。流可は身を捩《よじ》ってその手から逃れ、言葉を続けた。

「言わせて。俺は亜門が好き。本気で愛してる。更生して天界に行ってもい……」

「バカ野郎！」

再び亜門の手が伸びてきたが、口を塞がれる寸前で言葉を言い終えた。亜門は力ずくで流可を壁に押しつけ口を塞いだが、間に合わなかった。

亜門が恐る恐る、というように自分の腕を見る。

流可を押さえつけるその腕には、高級時計がはまっていた。細かい機能は異なるが、流可のピアスと同じ、天魔界共有機構のシステムインターフェースだ。

今まで人間界の時計と何ら異なる部分のなかったそれが、流可の最後の言葉を聞いた瞬間から変化を始めた。

リュウズの部分がポッと赤く光り、チカチカと明滅した。亜門はそれを、恐ろしいものでも見るような目で見つめる。

かと思うと、流可の拘束を解き、取り乱した様子でリュウズをカチカチと数回押した。

やがて、ピロリロリン、と軽快な電子音が玄関に響く。

——特殊操作により、音声ナビゲーターを開始します。

——更生番号M×××〇八九。対象者名・流可。種別＝魔界王族、女王第一子。職業＝ニート。

「俺はニートじゃない」

「うるさい！　言ってる場合か！」

——更生番号M×××〇八九……更生完了。対象からただちに離脱してください。

──更生レベル特S。更生保護官『亜門』への今回の成功報酬は、二億ポイントです。

リュウズを弄っていた亜門の手が、ぱたりと落ちた。彼は「あ……」と小さく声を上げ、頭を抱える。その取り乱しように、流可の方が心配になった。

「あ、亜門？」

「…………う」

「え？」

「クソ野郎！　この馬鹿！　アホ！」

ガバッと顔を上げ、ガラの悪い悪態を次々につく。顔は歪み、声はドスが利いていて、目も血走っている。いつもの貴公子ぶりと同一人物とは思えなかった。

「魔族をターゲットにするのは、人間を対象にするのとは違うんだ。ターゲットの心が登録者から離れても、自動解除はされない。登録者が任意で解除しない限り、契約は生きてるんだ」

亜門は血相を変えて喚くが、流可は逆に安心した。

「うん、知ってるよ。良かった」

もしかしたら昨日、流可と別れた後に登録を解除されたかもしれないと思っていた。しかし、亜門はまだ操作していなかったらしい。

「何がだ！　何が良かったっ？」

「間に合ったから。もし登録を解除してたら、無駄足になるし。お前が二億ポイント貯められて、良かった」

これで亜門は上級天使に昇進できる。夢を叶えられるのだ。

「本当は、次期魔王になんて興味なかったんだ。そんな器じゃないし。俺なんかが魔界にいても、誰の役に立つってわけでもない。それなら好きな人の役に立ちたいなって。……あ、でも別に、お前に付き纏うつもりはないよ。完全に俺の自己満足なんだ」

「お前は何もわかってない」

「わかってる」

「わかってない！　お前はただの魔族じゃないんだ。魔界の王族が更生することがどういうことか、まるでわかってない。そもそも魔界にはもう、帰れないんだぞ」

「うん」

「お前、魔界に引っ越す準備をしてるって言ったじゃないか」

「引っ越すのは、ダミアンたちだけだよ。俺は帰れないから」

ダミアンたち使用人は、流可の約束とは無関係だ。流可の状況にかかわらず帰る権利があるはずだ。

昨日の夜、人間界に来て初めて女王と連絡を取り、交渉をした。

流可は王族で、女王の子供だ。魔界の法律によれば、女王の死後は一定の財産を相続できることになっている。その相続権を放棄する。さらに今後一切、次期魔王の後継争いには加わらないことを誓う。

代わりに、ダミアンたち三人が魔界に戻るのを許可すること。

魔界にある流可の屋敷は今後、ダミアンを屋敷の新しい主とし、留守居の使用人を含めてみんなが今まで通り暮らすのを許可すること。

母とそうした交渉をして、ダミアンたちにも自分がやろうとしていることを告げた。

ダミアンたちは、流可の思う通りに行動すればいいと言ってくれた。流可様の人生は流可様のものですからね、と。

彼らのことだけが気がかりだった。でももう、これで何の憂《うれ》いもない。流可は流可のために、自分の思うまま自由に生きられる。

「何が自由だ。イカレてんのか。魔族が更生して、自由に生きられるわけがないだろう」

流可が落ち着いているのとは裏腹に、亜門は普段の冷静さを失い、髪を掻き毟《むし》っている。

彼がこんなふうに焦るなんて、予想外だった。そもそも彼は最初から、流可がこうなることを計画していたはずなのに。

「わかってるって。亜門が責任を感じることはないんだ。さっき言った通り、俺の自己満足なんだからさ。俺はただ、俺にも生きている理由がほしかっただけ。好きな人の役に立てば、少しは生まれてきて良かったなって思えるから。亜門には重いかもしれないけどさ。

まあ出世の駄賃だと思って、我慢しろよ。……それじゃあね」

流可は言って、踵を返した。これでやりたいことは終わった。

しかし玄関から出ようとした途端、亜門が乱暴に腕を掴んで引き止めた。

「待て。どこに行く気だ」

「どこって、家に」

「お前は更生したんだぞ。いつ、魔界の役人が拘束しに来るかわからないんだ。ブラブラ出て行くなんて正気か？　この馬鹿。こっちに来い」

さっきから、馬鹿とか頭がおかしいなどと、たくさん言われる。そんなに、流可のことで責任を感じなくてもいいのに。

「お前、本当はやっぱり、いい奴なんだな」

自分で露悪的な態度を取るほど、亜門は腹黒い奴ではないのかもしれない。そう思って口にすると、まるで未知の生物を見るような目を向けられた。何か言おうと口を開きかけたが、思い直したように口をつぐみ、流可をリビングへ引きずって行く。

「魔族が更生した場合、一番刑が軽くて魔界追放。中位や下位の魔族はそれですむ。下っ端が更生したって、魔界の住人たちは大して動揺しないからな。だが上位の魔族……貴族や王族は別だ。魔界に影響を及ぼす人物が更生した場合、最悪の場合は死刑」

「うん、知ってる」

「じゃあ、なんでそんなに悠長にしてられるんだ！　お前自身がたとえボンクラでも、女王の第一子なんだぞ！　最重要人物じゃないか」

口調はどんどん乱暴になり、とうとう流可への呼びかけも「君」から「お前」になった。

「魔界では、王族や貴族が罪を犯した場合、刑罰を決めるのは家長の役目なんだ。だから今頃は俺の更生を知って、母さんが……女王が刑罰を考えていると思う」

「それくらい、俺だって知ってるよ。ついでにお前の母親が冷徹で、血が繋がった息子だろうが、容赦しない性格だってこともな。……クソッ、クソッ！」

亜門は喚いて、ヒステリックに髪を掻き毟る。ダイニングテーブルの脚をガンと蹴《け》り、奥の寝室へ引っ込んだ。かと思うと、旅行鞄を一つ持って出てきた。

「流可、お前の執事に連絡しろ。五分でお前の荷物を持ってこさせるんだ。最低限の荷物と日本円。最低限だぞ。俺はその間に車を回してくる。早くしろ」

「え、なんで」

「逃げるんだよ。ここにいたら、捕まるだろうが！」

流可はようやく、亜門が何をしようとしているか理解した。彼は流可を、魔界の役人から逃がそうとしているのだ。

「だ、ダメだ。そんなことしたら、亜門だってただじゃすまない。せっかく上級天使になれるんだぞ」

焦って亜門に縋った。ここまで亜門が責任を感じてくれるなんて、誤算だった。亜門も多少は気まずい思いをするだろうが、流可の告白をこれ幸いと利用すると思っていたのに。

「それに多分、死刑はないと思う。昨日、女王と交渉したんだ。俺が亜門に告白して更生が認められたら、その後で王族を降りるって。俺の父親は猫妖精だから、俺は貴族でも王族でもない、ただの中位の魔族になる。だからたぶん、追放ですむと思う」

たぶん。女王の考えていることはわからないから、まだ安心はできないが、ドライな女王が感情的になって慣例を無視する可能性は薄い。

流可が告げると、亜門は「本当か」と、大きく目を見開いた。真偽を確かめるように流可を見つめた後、ようやく信じる気になったのか、大きく息を吐く。

旅行鞄を放り投げ、どさりと崩れ落ちるようにソファへ腰を下ろした。きっちりと結んでいたネクタイを、忌々しそうに緩める。

「それを早く言えよ」

「ごめん。でも、お前がそんなに俺を気にするなんて、思ってなかったんだ。ちょっと後味が悪い思いをするくらいだと。魔族の、それも嫌ってる相手だし」

「……嫌ってはいない」

ぶっきらぼうに、亜門は言った。

「あ、そ、そう」

でも昨日はボロクソにけなされたし、さっきから、馬鹿だのイカレてるだの言われているのだが。

「これからどうするんだ。死刑を免れても、魔界を追放されるんだぞ。頼りになる執事たちも魔界に帰して、どこでどうやって生きていくつもりだ」

それでも、さっきは流可が死刑になると思って血相を変えて逃がそうとしてくれたし、今も今後のことを心配してくれている。

やっぱり、亜門は根は情の深い天使なのだ。

「人間界で生きていくよ。他の、追放された天使や魔族と同じように、人に紛れて」

「金は？　今まで引きこもりのニートだったんだろう。それでゼロからスタートなんて、ジリ貧コースだぞ。使用人に囲まれてぬくぬく生きてきた奴が、貧乏なんかに堪えられるもんか」

「貧乏だって慣れるさ」

努めて明るく言うと、また「馬鹿か」と言われた。

「王族のボンボンのくせに。お前は、苦労ってものがわかってない。金も後ろ盾もない生活がどんなに惨めか、本当には理解できてないんだ。お前があとどれだけ生きると思ってる。人間みたいに百年じゃすまないんだぞ。その間ずっと、孤独に惨めに、地べたを這いずって生きていけるのか」

「う……」

そこまで惨め惨めと言われると、今から悲惨な気持ちになってくる。流可だって、楽観しているわけではない。本当は不安でいっぱいなのだ。

「でも、しょうがないだろ。今さら。もうこうなっちゃったんだからさ」

何をどう言ったって、元には戻らない。流可の言葉に、亜門は自分が追放されたかのように沈み込んだ。

悪いことをしてしまった。ただ亜門の役に立ちたかった。犠牲を払った分、彼には大手を振って天界に帰ってほしかったのに。

「亜門……」

おずおずと近づき、亜門の隣にそっと座る。寄るなと怒られるのではと思ったが、横目でこちらを睨んだきり、何も言わなかった。

「心配してくれて、ありがとう。ダミアンたちもいないし、これからは覚悟してる以上に、大変なのかもしれない。でも何とかなるよ。俺、馬鹿だけど無駄に元気だし、魔界では王族や貴族にネチネチいじめられてたから、これでも打たれ強いんだ」

引きこもりのニートだったけど、曲がりなりにも人間界で二年、人間を堕落させるために働いていたのだ。うまくいかなかったけど。でも、もっと人を篭絡《ろうらく》する必要のない、真面目な仕事ならやっていけると思う。

「俺、亜門と会えて良かった。すごくすごく楽しくて、幸せだったんだ。誰かを好きになるって、こんなに楽しいんだなってわかった。生きる喜びっていうか。お前は俺に、そういうことを教えてくれたんだ。だから、俺は魔界を捨てて新しく、人間界で生きていく。お前は俺なんか忘れて、胸を張って天界に帰ってくれ」

　亜門にはこれから、輝かしいキャリアが待っているのだ。余計な瑕疵《かし》を与えたくなくて、流可は必死で言い募った。

　それを黙って聞いていた亜門は、やがてがっくりと肩を落とし顔を伏せると、乾いた笑い声を上げる。

「流可に慰められるなんて」

「ごめんな。何度も言うけど、嫌いな俺なんかのこと、そんなに気にすると思ってなかったんだ」

「だから、嫌ってない。……いや、最初は嫌いだったな。俺みたいな底辺出身は、君みたいないかにも甘ったれなお坊ちゃんを見ると、理屈じゃなくムカつくんだ」

　少し落ち着いたのか、また「君」に戻っている。

「ムカつく奴を更生させるのは、そう悪い気分じゃない。おまけに、君を更生させれば二億ポイント、一気に上級天使に昇進だ。顔と身体だけは綺麗だし、せいぜい弄んでヤリ捨ててやろうと思ってた」

「……お前、やっぱり腹黒いな」

思わず言ってしまった。出会った時からあんなに爽やかだったのに、腹の底でそんなことを考えていたとは。

「付き合うことになって、いつかは君を抱くつもりだったよ。でもあの日、あのタイミングで抱くつもりはなかった。嫌われるようなリスクは避けて、時間をかけて、ここぞという時に身体をもらうつもりだったんだ。君はこっちが思っていた以上に、初心で精神が幼かったから、慎重にしなきゃと思ってた」

「悪かったな」

不貞腐れて返すと、亜門は微かに笑う。

「ああ、君が悪い。君のせいだ。キウイなんかに酔って、あんなふうに可愛くなるなんて反則だ。ただの頭の悪い魔族だと思っていたのに、性質《たち》が悪い。おかげで俺は……俺としたことが、抗えずに抱いてしまった。しかも、処女のくせにやらしくて、夢中になった」

「昨日はマグロって言ってたぞ」

「そう言えば、俺を嫌って諦めると思った。ひどいことを言えば、甘ちゃんな君のことだ、もう俺を落とすなんてやめるって言い出すと思ってた」

流可はそこで、まじまじと隣の男を見つめた。

「昨日言ったこと、嘘だったのか？」

亜門は笑って、それには答えなかった。しばらくうつむいたまま沈黙が続く。流可は彼の真意がわからず、黙って語られるのを待つしかなかった。

「最初はヤリ捨てるつもりだった。いや、ずっとそのつもりだったさ。俺には上級天使に昇進するっていう野心があって、更生対象の魔族のことなんか、考えても仕方がないからな。でも君と付き合って、見てくれだけじゃない君のことを知るようになって、気が変わった。……君を抱いたあの時、俺は君を天界に連れて行こうと思った。そうすれば、魔界の刑法で裁かれることはないからな」

言われた言葉がすぐには理解できず、流可は目を瞬かせる。

亜門は流可を嫌ってはいなかった。それどころか更生させた後、天界に連れて行こうと思っていた。捨てていく方がよほど面倒がないのに。

「更生した魔族を天界に連れて行く場合、天界の法律でその魔族は二十年間、矯正《きょうせい》施設に収容されることになってる。だが二十年経って施設を出れば、その後は天使と同等の市民権が得られるんだ。下級天使だけどな。でも君はとっくに成人してるし、上級天使の俺が後ろ盾になれば、それほど惨めな生活は送らなくてすむ。そう思っていた。矯正施設の実態を知るまでは」

亜門はあの夜、流可を天界に連れて行くことを決定したと言ったが、それ以前から矯正施設の情報を集めていた。はっきりと決めてはいないが、頭のどこかで流可を連れて帰ることを想定していたのだ。

「矯正施設については、厳しい情報管理がされていて、実態は下々の者にはわからない。俺も天界にいた頃は、ほとんど耳にしたことがなかった」

普通に生活をしていれば、関係のない施設だ。実際はどういう場所なのかなんて、気にも留めていなかった。

しかし、流可と恋人になって気が変わった。矯正施設について調べたが、正規のルートではわからない。思っていた以上に、施設の情報が秘匿《ひとく》されていたのだ。

「それで情報屋に……昨日お前も会っただろう、あの赤毛の元天使に、施設の実態を調べるよう依頼したんだ」

流可は昨日の、亜門と赤毛の男の会話を思い出す。情報料は高くつくのだと、言っていなかったか。流可を連れて行くために、亜門は大枚をはたいて情報収集をしていたのだ。

なぜ、そこまでしてくれるのだろう。

「その報告書が、君を抱いた翌朝に届いた。仕事で出かけると言っただろう。あの時、赤毛に呼び出されたんだ」

ひとまず流可を帰し、赤毛の男から矯正施設の情報を受け取った。しかし、そこで判明したのは、思いもよらない真実だった。

実際に見せられた資料は、ひどいものだったという。天界で一般に広く知られている矯正施設とは、大きくかけ離れていた。

「劣悪な環境での、過酷な強制労働。中には、頭がおかしくなる奴もいるって聞いた」

出所後、元魔族を連れてきた天使が後見になるという。しかし、彼らがその後どういう人生を送っているのか、誰も知らない。

「そんなところ、流可には耐えられない。とても天界には連れて行けないと思った。考えて、君とは離れるべきだと結論づけた」

「……だから、急に態度が変わったのか？」

流可を遠ざけるために、憎まれるようなひどい言葉を投げつけた。

「そうだよ。君のことは忘れて、新しく魔族を探そうと思った。もっと、君みたいに可愛い魔族じゃなくて、身分も低くて、できれば死んでもせいせいするってくらいに、最低な奴を見つけようと。まさか、こんなことになるとは思わなかったよ」

「ごめん」

流可が亜門を陥れることを躊躇し悩んでいたように、彼もまた迷っていた。

「でも、ありがとう」

申し訳ない気持ちもあるけれど、同時に嬉しくもあった。亜門は流可を嫌ってなどいなかった。それどころか、流可が更生した後のために、得にもならない情報収集をするくらい、気にかけてくれていた。

それで十分だ。亜門を好きになって良かった。

ありがとう、と言った流可を、亜門は顔を上げて見つめた。少し眩しそうに、目を細める。そうして口を開いた。

「流可。今は俺のこと、どう思ってる」

「え……え?」

「君を騙すつもりで近づいた。ヤリ捨てるつもりだったって言っただろう。俺はこういう奴だ。昨日は君にひどいことを言った。おまけに今日は今日で、こんなふうに取り乱してさ。いい加減、愛想が尽きたんじゃないのか」

「まさか。確かに、昨日は悲しかった。それでも嫌いになれなかったよ。それに、あんなふうに言ったのだって俺のためなんだろう。嫌いになれるはずないじゃないか。好きだよ。すごく好き」

今、亜門の煩悶を聞いてもっと好きになった。素直に告げたが、亜門は「そう」と素っ気なく言ってそっぽを向いた。けれど、うなじが心なしか赤い。

「——君は、本当に馬鹿だよ」

亜門がボソリとつぶやいたけれど、不思議と腹は立たなかった。照れ隠しのような、ぶっきらぼうな態度だったからかもしれない。

亜門はやおら立ち上がり、何事もなかったかのように「行こうか」と手を差し出した。

流可が思わずその手を取ると、ソファから引き上げてくれる。

「どこに行くんだ？」

「君の家」

亜門はそれ以上、何も言わない。ただ手を引いて、流可の家に向かった。

それで流可は、彼がただ単に家まで送ってくれるのだろうと思ったのだ。亜門は天界に帰って上級天使になる。きっと、これで顔を合わせるのも最後だから。

今頃、家では使用人たちがさぞかし、引っ越しの支度でてんやわんやしているだろうと思っていたのに、彼らはリビングでゆったりくつろいでいた。

「お帰りなさいませ、流可様。亜門さんも」

ダミアンは、爪とぎ用の段ボールをバリバリ引っ掻きながら言った。

「あ、ケーキありますよ。余分に買ってきたから、よかったら亜門さんもご一緒に」

クーリンがショートケーキを頬張りながらにこやかに言い、ヴィクターは二人の分のお茶を淹れにキッチンへ引っ込んだ。

主人が大変だという時に、あまりにものんびりしている。亜門も想定外だったのだろう、流可の手を握ったまま、「あ、どうも……」と戸惑った声を上げた。

「お前たち、引っ越しは？」

流可も驚いて尋ねた。クーリンは「引っ越し？」と首を傾げる。ダミアンは爪とぎの上で一つ伸びをした。

「引っ越しなんかしませんよ」

「え、だって魔界に……」

「魔界に帰れって、あなたが言っただけでしょう。もう主人と使用人ではないからと。それで昨日は、言うだけ言って寝ちゃったし、今日は今日で、死にそうな顔して出て行くし。『引っ越しの準備しとけ』とか言っちゃって」

「流可様、そういえばご飯も食べてませんでしたよね。今、用意しますからちゃんと食べてください。亜門さんも、よろしければご一緒に」

ヴィクターがキッチンから声を上げる。

「いや、ご飯とかそういう場合じゃ……」

引っ越しをしないということは、魔界に帰らないということだ。どういうことだろう。しかし流可がそれを問う前に、ダミアンが「ところで」と、亜門と流可が繋いでいる手をちらりと見た。

「お二人は、仲直りしたんですか」

流可もそこで、手を繋いだままだったと気づいた。気恥ずかしさに離そうとしたが、亜門は逆にその手を握り込んだ。

「喧嘩してたわけじゃないけど。魔界に帰る前に、ダミアンさんたちに挨拶するのが筋だ

と思ったんだ。君たちは、流可にとって親代わりだったたって聞いたから」

何の挨拶だろう。怪訝に思う流可の横で、亜門は真剣な顔をしている。ダミアンは金色の目でじっと亜門を見返した。

「ええ、まあ。流可様は、私どもがお育てしたんだという自負はありますよ。私には子供がおりませんが、実の子と同じかそれ以上の愛情を持っているのは確かです」

「ダミアン……」

彼の愛情は理解していたけれど、改めて口にされるとじんときてしまう。特に、すべてを失った今では。

「良かった。いちおう、筋は通さないとね。改めてご挨拶させてください。でもその前に、こっちの告白がまだなんだ。……流可」

「え？」

だから挨拶って何のだよ、と思っていたら、いきなり名前を呼ばれた。隣を見ると、亜門がこちらに向き直った。

「さっきは、俺のこと好きって言ってくれたよね。自分の身分も捨てて、俺に愛をくれた。ありがとう」

「いや、そんな」

「最初はただ、利用してやるつもりだったのに、いつの間にか騙すのが苦しくなってた。

君は本当に、馬鹿みたいに素直だから。昨日はマグロだ面倒だなんて言ったけど、ぜんぶ嘘だ。天界に連れて行きたいって思うくらい、君に惹かれたんだ。そして連れて行けないとわかって、君と別れなきゃならなくなって、自分でも信じられないくらい動揺した。君が人間界に留まるなら、俺も一緒にいたい。君が好きだ」

「へ」

何かとても、嬉しいことを言ってくれているのはわかる。でも突然で、しかも長文すぎて頭がついていかない。ぼけっとしていると、亜門はなおも畳みかけた。

「君を愛してる。君のために天使の身分を捨てることくらい、何でもない」

「……あ、い？」

愛していると、亜門が言っている。流可のために天界を捨ててもいいと。

それはつまり……。

「わーっ、わーっ！」

ようやく耳に入った言葉が脳に達して、流可は激しく動揺した。叫び声を上げて亜門の手を振りほどき、飛び上がって相手の口を手のひらで塞いだ。

「流……ぅぐっ」

「あーっ、あーっ、聞こえません！　今のなし、今のなし！」

耳たぶのピアスに向かって、必死になって叫んだ。しかし、その甲斐も虚しく、ピアスが光って明滅する。

「馬鹿……亜門、お前」

呆然とする流可に対し、亜門はにっこり笑って動揺した様子もない。

「俺、他人から馬鹿って言われたの初めてだな」

「そんなこと言ってる場合か！　ど、どうしよう、どうしよう。せっかく上級天使になれるのに。あ、でももしかして、俺が更生ずみだから、資格をはく奪されて、対象者登録も解除されてるってことはないかな」

なんてことを思いついてはみたものの、動揺のあまり何をすればいいのかわからない。ひたすらオロオロする流可に、亜門は「落ち着いて」と肩を撫でた。

「ちょっと、ピアス貸して」

そうして流可のピアスを外すと、自分の腕時計の文字盤の上に載せ、リュウズをカチカチと押したり巻いたりした。

やがて、ポーンと聞きなれた電子音が時計から響く。

――特殊操作により、音声ナビゲーターを開始します。

――ナンバーT×××〇九四。対象者名・亜門。種別＝中級天使。職業＝更生保護官。更生完了。対象からただちに離脱してください。

――更生レベルS。『流可』さんへの今回の成功報酬は、八千五百万ポイントです。

クーリンやヴィクターが、「おおー」とのんきに手を叩く。

「この段階ではまだ中級天使だから、死刑は免れるな。これで俺も、晴れて天界追放だ」

「死刑は免れるって、天界追放って。お前、せっかく上級天使になれるはずだったのに」

自分のせいだ。自分のせいで、亜門の人生が台無しになってしまう、流可は泣きそうになった。

「泣かないで、流可。俺も、後悔してない。いや、本当は告白したら、ちょっとくらい後悔すると思ってたんだ。でも逆にせいせいしてる。俺、天界が大嫌いだったんだよ」

「でも、だからって……」

「俺も君と同じ気持ちだ。ありがとう、流可。幸せって何かを、君が教えてくれた。君を失ってまで、天界に戻りたくない。出世したって、天界で胸糞《むなくそ》悪い一生が続くんだ。そんなことより人間界で、君と暮らして一緒に幸せになりたい」

亜門は言って、少し照れ臭そうに微笑んだ。流可の手を取ると、気障《きざ》な仕草で手の甲にキスをする。

「流可。俺の本当の恋人になってください。そしてずっと、君といさせてほしい」

すぐには答えることができず、ぱしぱしと瞬きした。

「ほ、本当に？　本当に俺のこと」

「好きだよ。愛してる。ポイントはもう関係ない。俺は君に本気だ」

こんな展開になるなんて思わなかった。まるで夢を見ているみたいだけど、これは現実なのだ。そう思ったら、じわ、と目頭が熱くなった。

「俺も亜門が好きだ。亜門と一緒にいたい」

言った途端、亜門に引き寄せられ、ぎゅっと強く抱き締められた。「ありがとう」と耳元で真摯な声がする。

しばらくそうした後、亜門は抱擁を解いて流可を横に抱き、ダミアンに向き直った。

「そういうわけで、改めて挨拶させてほしい。流可を、俺にください」

深く頭を下げる。それでようやく流可は、亜門が何の挨拶に来たのか理解した。これはもしや、息子さんを僕にください、というやつではないか。

「私は流可様が幸せなら、それで文句はありません。ただ今後、もしも流可様を不幸せにするようでしたら、三人の舅《しゅうと》と小舅が黙ってませんよ。流可様には漏れなく、我々がくっついて来ますからね」

ダミアンの物言いに、亜門はクスッと笑った。

「いっぺんに家族が増えて嬉しいよ。俺は親と引き離された施設育ちで、ずっと家庭に憧れてたから」

「それならもう、言うことはありません。流可様」

「へ？　はい」

「先ほど、魔界から通達がありました。女王はあなたを魔界から追放することに決めたそうです。というか、『最初から、こんなことになるんじゃないかと思っていた』と」

「あ、そ、そうなの？」

「それからその通達とは別に、女王個人から、我々三人に『愚息をよろしく頼む』と、言われました。まあ、女王に頼まれなくても、最初からあなたに付いて人間界に残るつもりでしたけどね」

母が、あの冷徹な女王が、そんな母親らしいことを言うなんて、思っていなかった。もしかすると自分は、思っていたよりも愛されていたのかもしれない。

「そういうわけで、今夜は流可を借りていってもいいかな」

「どうぞどうぞ。一晩でも二晩でも、ごゆっくり。何しろ流可様も亜門さんも、これから無職ですからね」

「じゃあ行こうか、流可」

「え、あの」

また何だかわからないうちに、話が進行している。亜門を見上げると、にっこりと微笑みを返された。

「今後のことは、これから考えるとして。とりあえず、晴れて本当の恋人になったんだから、俺の部屋でゆっくり、愛を確かめ合いたいんだけど。どうかな」

愛を確かめ合うということがどういうことか、一瞬わからなかったが、チラリと見ると使用人たちがニヤニヤ笑っていたので、何となく理解した。顔がひとりでに赤くなる。

「行こう、流可」

亜門がそう言って手を差し出し、二人は手に手を取って、亜門のアパートへ引き返した。


「もう一度、最初からやり直させて」

アパートに戻るなり、亜門は流可にキスをしながら言った。優しくはない、荒々しいキスだ。

「この前は君も酔ってて、俺はどさくさに紛れて抱いちゃったから。初夜をやり直したい」

「しょ、初夜」

「もう俺たち、パートナーだろ？」

言うと、流可を軽々と抱え上げて寝室へ直行する。しかし、中に入ったところで「あ、しまった」とつぶやいた。

「ごめん。すぐにシーツを換えるから」

ベッドは乱れていて、起きてそのままといった状態だった。あの夜は綺麗にベッドメイクされていたが、本当は物ぐさなのだろうか。

ちょっと親近感を覚えつつ、亜門を見ると、彼はふいっと照れ臭そうにそっぽを向いた。

「俺は別に、そのままでもいいけど」

「そんなわけにはいかない。君とは、きちんとしたいし。それにその……あの夜のままなんだよ。もう君を抱けないいんだと思ったら、シーツを換えるのが惜しくて」

亜門は早口に言い、クローゼットから新しいシーツを取り出して、慌ただしくベッドメイクをした。

「あの夜の……」

頭の中に、数日前から今日までの出来事がぐるぐる渦巻く。亜門がどんな気持ちでこの場を残したのかを考えると、切ないような嬉しいような、照れ臭いような……あらゆる感情でいっぱいになった。

ぶわわ、と感情が極まって肌が震える。

「あれ、流可。耳が」

ベッドメイクを終えて振り返った亜門が、流可の頭を見て声を上げた。ハッと頭に触れると、猫耳がにょっきり出てしまっている。後ろには尻尾も。

「こ、これは、にゃんというか、いや、何というかその……」

亜門はふっと笑って、こちらに歩み寄った。それから流可を、優しく抱き締める。その背後で、純白の翼が眩しく広がった。

「愛してる、流可。やっと、自由に言える。ずっと言いたかったんだ」

初めて身体を重ねた時も、言いたいのを堪えるのに大変だった。そう告げられて、流可は涙が出そうになった。

流可が好きだと口にしかけた時も、亜門は止めてくれた。そのままにしていれば、上級天使になれたのに。

「俺も、言いたかった。亜門、好きだ。大好き」

でも亜門は、流可を選んでくれた。すべてを捨てて。

「俺は馬鹿だけど、絶対に亜門のこと、幸せにするって誓う。俺を選んだこと、後悔させないようにするから」

腹黒で二重人格で、でも本当は悪になりきれない。孤独に耐えながら努力を続けてきた彼を、幸せにしたいと心から思う。

流可がそう言うと、亜門はわずかに目を細めた。

「俺が言おうと思ってたのに、先を越された」

碧い切れ長の目尻に、光るものを見たと思ったのは、気のせいだろうか。

「愛してる、流可。この天界でも魔界でもない世界で、俺も君を幸せにするって誓う」

亜門はキスをして、流可の服を脱がせた。流可も、亜門のスーツに手をかける。服を脱ぎ捨てる瞬間、翼はふるっと消え、やがて再び大きく羽ばたいた。

精神体である天使の翼は、持ち主の精神によって状態が変わるのだという。それはあの晩、初めて見た時よりもいっそう、キラキラと眩しいほどに輝いていた。

「亜門の翼、綺麗だ」

「流可の方が綺麗だよ。それに、耳と尻尾が可愛い」

ベッドに横たえられて、尻尾の付け根をキュッと掴まれる。ゾクゾクと肌が粟立《あわだ》った。

「好きだ。流可、君を愛してる」

あの日言えなかった分を取り戻すように、亜門は愛の言葉を繰り返す。

「俺はね、流可。今までたくさん、いろんな相手と身体を重ねてきた。別に、自分がやりたかったわけじゃない。生きていくのに必要だったから。この行為を、本当の意味で気持ちいいと感じることはなかったんだ。君を抱くまでは。君を抱いて、初めてこれが幸せな行為だとわかったんだよ」

亜門の過去を思って、嫉妬よりも可哀そうで、悲しくなった。たまらず、亜門をぎゅっと抱き締める。

「じゃあ、これからも幸せにするから。ずっと俺と一緒にいて」

流可と一緒になるために、今までの何もかもを捨ててくれた。そんな亜門を、これからもずっと愛して幸せにしたい。

「それも先に言われちゃったな。もちろん。この先もずっと、君のそばにいるよ。一緒に幸せになろう」

それから二人はベッドの上で、何度もじゃれるように繰り返しキスをした。裸の身体が擦れ合い、性器や乳首が相手の肌に触れて、流可は快感に息が上がっていった。

亜門のそれも、勃ち上がって蜜をこぼしている。流可はおずおずとそこに触れた。

「あ、あの。こないだは酔っててわけがわからなかったけど、今日は俺も、ちゃんとするから」

「それは嬉しいけど。最初の時だって、流可はちゃんとできてたよ。たくさん感じて、俺も煽られた。マグロって言ったのは嘘だからね」

安心させるように優しい声で言い、亜門は流可の身体のあちこちに愛撫を始めた。乳首を弄られて、ビクン、と身体がのけぞる。

「でも、俺も亜門を気持ちよくしたい。あの時は、されてばっかりだったから」

具体的に何をどうすればいいのかよくわからないが、自分も亜門に何かしたい。そう言うと、亜門は少し困ったように微笑んだ。

「俺だって、理性が振り切れるくらい良かったんだよ。でも、そんなふうに言ってくれるなら、お互いに気持ちよくなることしようか」

「うん」

「まだ二度目だから、特殊プレイはやめてスタンダードな方法にしようね」

流可を気遣うように言う。流可はこくこくとうなずいた。亜門がやりたいのなら、特殊プレイもやぶさかではないが、やっぱり最初はあまり変なプレイはしたくない。変なのがどんなのだか、わからないけど。

何も知らない流可のために亜門は文字通り、手取り足取り教えてくれた。しかし、スタンダードなプレイと言われたが、これがなかなか恥ずかしい体勢だった。

仰向けになった亜門の顔をまたぐように上に乗り、尻を亜門の眼前に突き出すように指示された。流可の顔の前には、大きく反り返った亜門の性器がある。

「な、なあ。これ、だいぶ恥ずかしいんだけど」

「流可は恥ずかしがりやだね。でもこれで、お互いを愛撫し合えるだろ？　前戯《ぜんぎ》のやり方としては、もっともスタンダードなパターンだよ」

「へ、へえ。いや、俺も話には聞いて知ってたけど」

まったく知らなかったが、見栄を張ってしまった。だが亜門は気づいた様子もなく、

「だよね、これくらいは知ってないとね」とうなずく。

この体勢から何をするのかわからないが、亜門が流可の性器を扱き始めたので、流可もそれに倣《なら》った。

「上手だね、流可」

「ほ、ほんと？」

「うん。じゃあ次は、口に咥《くわ》えてくれるかな。俺もするから」

「口……」

「フェラチオっていうんだよ」

「そ、それくらい知ってる」

クーリンが貸してくれた官能小説でやっていた。口淫というやつだ。文字だけだったし比喩が多すぎて、具体的なビジュアルが浮かばないが、肉茎を口に含んでバキュームしたり、精飲したりするのだそうだ。途中で必ず顎がだるくなるのだという。

（こうかな……）

試しに、亀頭をぱくっと咥えた。背後で息を呑む音がする。バキュームというからには吸うんだろうな、と予測をつけ、チュッチュッと先端を吸い上げた。身体の下で、ビクビクと逞しい腹筋が痙攣する。

「る、流可……」

震える声がして、違ったかなと焦って振り返った。亜門は口に手を当てて、息を整えるように深呼吸している。

「ごめん、下手だった？」

「いや、予想以上に可愛いっていうか……」

「可愛い」

　上手くはないのか。

「いや、上手だよ。すぐイキそうになった」

　流可の内心を読んだかのように、亜門が言う。

「ごめん。俺の方が、されっぱなしだったね。流可のことも、気持ちよくするから」

　言うなり、亜門が流可の陰茎をぱくりと咥えこんだ。そのままジュプジュプと音を立てて出し入れされる。

「ひ……あ、あっ」

　信じられないような強い刺激に、流可は得意になっていたのも忘れ、喉をのけ反らせて喘いだ。

「や、何……それ、あ、ぅんっ」

　快感が強すぎて、たちまち射精しそうになる。腰を引こうとすると、尻尾の付け根をギュッと握られた。

「だ、だめ、尻尾……やぁ」

「ここが好き？　流可は、どこもかしこも感じやすいよね」

　口淫がやんでホッとしたのも束の間、亜門はぺろっと尻尾を持ち上げると、その下に隠れた窄まりにぬるりと舌を合わせた。

「なっ、何して……」

「何って、前戯だよ。恥ずかしくてもちゃんと慣らさないと。いきなり挿入するなんて、マナー違反だからね」

そういうものなのか。亜門の性器は、今にも弾けそうなほど脈打って、鈴口から蜜をこぼしている。そんな状態でも性急に挿入しようとせず、マナーを優先するなんて、紳士なのだなと感心した。

しかし亜門の前戯は、流可には刺激が強すぎた。後孔をヌクヌクと舌で押し広げながら、弱い尻尾の付け根を弄ってくる。反対の手で陰茎を扱かれ、流可は我を忘れてしまった。

「……あ、だめ……で、る……っ」

口淫をする余裕もなく、流可は亜門の性器に頬を擦りつけるようにして、気がつけばビクビクと身を震わせて射精していた。

「ごめ、俺だけ……」

イッてしまった。早すぎて恥ずかしい。呆れているのではないかと背後を振り返ったが、亜門はにっこり微笑んで嬉しそうだった。

「気持ちよくなってくれて、嬉しい。後ろも緩んだから、入れてもいい？」

「う、うん」

目の前では、亜門の性器が脈打っている。これからこれが自分の中に入るのだ。太く熱

い塊で襞を犯される感触を思い出し、身体の奥がまた重く疼くのを感じた。

「じゃあ、方向転換して、今度は向かい合ってもらえる？　俺の腰をまたいで……そう」

言われた通り、流可は今度は正面を向いて、亜門の身体をまたいだ。

「そのまま腰を浮かせて、ゆっくり俺のを入れて」

「え、このまま？」

初めての時は逆の体勢だった。今度は、自分から亜門を呑み込まなくてはならない。何だかはしたないような気がして恥ずかしかった。

「うん。この前は俺も我を忘れて、正常位なんて破廉恥な体位でやっちゃったから。反省してるんだ。初めてなのに、変態みたいなプレイさせてごめんね」

亜門は、心底申し訳なさそうに謝る。流可は「お、おう」と目を泳がせる。足を広げる時は恥ずかしかったけど、正常位がそんなに破廉恥な体位だとは知らなかった。

「気にするなよ。俺も気持ちよかったし」

「でも、正常位なんて恥ずかしかっただろう。ごめんね。今日はちゃんと、騎乗位でするから。こっちの方が流可のペースで入れられるし、深く繋がれるしね」

「ああ。だよな」

「ゆっくりでいいから、流可の身体に負担がかからないように呑み込んで」

「わ、わかった」

流可は恐る恐る、腰を浮かせた。何だかこっちの方がよほど恥ずかしい気はするのだが、破廉恥な正常位をねだるのは、好きモノみたいで恥ずかしい。

亜門のペニスがなかなか窄まりに当たらなくて、流可は懸命に腰を揺らした。ようやくひたりと先端が当たる。けれどそこから、どうにもうまく入らなかった。

「う……俺、下手でごめん……」

どんどん焦りが増してくる。謝ると、下からじっと流可の様子を見上げていた亜門は、とろけるように相好を崩した。

「いいんだよ。俺こそごめん」

「なんで？　お前が謝ること……あっ」

腕を引き寄せられ、ぱたりと亜門の逞しい胸の上に倒れ込む。亜門から、何度も愛しそうにキスをされた。

「可愛い、流可。大好きだよ。今度は俺にさせて」

言いながら、大きな手が双丘を割り開く。窄まりに再び熱い塊が押し当てられたかと思うと、亜門はぐっと腰を使って流可の中に性器を埋め込んだ。

「痛い？」

「ん、んんっ」

ゾクゾクする快感に言葉を失い、流可は首を横に振った。さらに奥まで亜門が入ってきて、尻のあわいに亜門の下生えが擦りつけられた。

「ああ、流可だ。君の身体だ」

最奥まで繋がって、亜門はため息と共につぶやく。その顔はひどく嬉しそうだった。

「亜門？」

「君をまた抱けた」

つい先ほどまで、すべてが終わりだと思っていた。亜門もそれは同じだったのだ。

二人はどちらからともなく抱き合って、キスをした。亜門がゆっくりと腰を揺らし始める。それは次第に強く激しくなっていった。

「流可、好きだ。愛してる」

「ん、あっ、俺も……」

今なら自由に本心を言葉にできる。亜門は腰を穿ちながら、何度も愛の言葉を口にした。流可もまた、快感に翻弄されながらもそれに応える。

初めての時も、気持ちよくて幸せだった。でもこうして心を通わせ合い、隠し事も憂い事もなくなった今はよりいっそうの幸福で満ち溢れている。

「好き、亜門、好き……っ」

突き上げられるたびに快感が深まって、今にも射精しそうだった。でもまだ、この幸せな時間を終わりにしたくない。

「や、あ……だめ、も……」

必死で堪えていたが、堪えきれなかった。四肢が強張り、頭の中が真っ白になる。

「あ……っ」

ひと際深く突き上げられた瞬間、流可は勢いよく精を噴き上げていた。キュン、と後ろが収縮し、亜門の性器を食い締める。

「……っ」

亜門が形のいい眉を寄せ、低く呻いた。腰を乱暴に掴まれ、ガクガクと揺さぶられる。流可の下で亜門の身体が震え、最奥に大量の熱が注ぎ込まれるのを感じた。

「んっ……」

その熱にまた、身体が疼く。どうしよう、と少しも治まらない自分の欲望に戸惑った。見下ろすと、亜門が熱っぽい眼差しでこちらを見ている。身体の中の亜門は、まだ硬いままだ。

「ぜんぜん治まらない。もっと流可が欲しい」

軽く身体を揺さぶられ、流可はその刺激に小さく声を上げた。

「お、俺も……」

快楽に震えながら口にすると、亜門は目を細めて流可を見つめる。チュッと音を立てて唇を吸われた。

それから耳元で、甘く掠れた声が囁く。

「もう一度、しよっか」

「……うん」

流可は自らねだるように、亜門の首に腕を回して抱きついた。

「一度じゃなくて、いっぱい、したい」

「流可……」

亜門が息を呑む。埋め込まれた亜門のペニスが、ぐっと大きく育った。たまらない、というようにぎゅうぎゅうと抱き締められた。

「本当に、いっぱいしてもいい？」

甘えるように言われて、いいよと請け合った。

「亜門がしたいだけ、して」

淫靡な囁きが、自然に口を突いて出た。亜門がごくりと喉を鳴らす。

……この時の自分の言葉を、のちに流可は後悔した。

その晩、亜門は本当にしたいだけ何度も流可の身体を貪った。もうできないと泣いても許してもらえなくて、翌日は一日、亜門のベッドでぐったり過ごす羽目になったからである。

結

「なあ、もう朝だぞ。そろそろ起きないと」

抱き込まれた背中がぬくぬく温かい。それだけならいいのだが、尻の辺りにゴリゴリ硬い物が当たっている。

「あと五分だけ。流可、今日は遅番シフトだろ？」

「そうだけど、お腹が空いたから、朝ご飯食べたいし。……あ、おいっ、どこに手を突っ込んでるんだ」

腰に回された手が、するりと流可のパジャマのズボンの中に潜り込んでくる。

さっきからぐずぐずと起きるのを渋っている男は、別に眠いわけではないのだ。その証拠に、下着の中に差し入れられた手は、やたらと激しく流可の肉茎を扱く。

「朝勃ちしてないな」

「当たり前だ。昨日、どれだけしたと思ってるんだ」

「でも、耳と尻尾は出てる。欲情してるんだ」

「お、お前だって羽が……じゃなくて、もうやめろってば」

薄いカーテンの向こうから、うららかな朝の陽ざしが差し込んでいる。朝っぱらからこんなにいかがわしいことばかりして、いいのだろうか。

いや、良くない。昨日もこんなことをして、寝坊したのだし。何よりお腹が空いた。

「起きるぞ！」

淫靡な手を振り払い、がばっと起きた。再びベッドに引き戻されないように、ささっと離れる。

「冷たいな、流可は」

振り返ると、亜門がニヤニヤ笑っていた。下半身はシーツに隠れているが、上は裸だ。寝乱れた様子が壮絶に色っぽい。その背後に、うっすらと純白の翼が現れかけていた。

堕天してなお神々しい恋人の姿に、流可は今日も無駄にドキドキしてしまう。

流可が魔界を追放され、一年が経った。亜門も時を同じくして天界を追放となり、二人は今、人間界で人に紛れて暮らしている。

「冷たくない。昨日さんざん、やっただろう。それに、お腹が空いた」

昨日は早番で、朝ご飯はコンビニのおむすびだったから、今日はヴィクターの朝ご飯が食べたい。

素直な気持ちを口にすると、亜門も「そうだね。俺もお腹減った」とベッドから起き上がった。一糸纏わぬ完璧な裸体が朝日に晒されて、流可は目のやり場に困った。

「朝のお風呂は、一緒に入ってくれるよね」

「しょ、しょうがないな」

亜門がいた天界の慣習によれば、恋人や円満な夫婦は、一緒に風呂に入るのだという。そういう家庭に憧れていた、と言われて、流可はそれから亜門に求められれば一緒に風呂に入ることにしている。中でエッチなことをされたりするのが困りものだが、亜門が嬉しそうなので、まあいいかと思っていた。

二人の寝室を出ると、廊下の端にバスルームとトイレがある。その隣に一階に続く階段があり、下はミニキッチンと、こぢんまりしたリビングダイニングになっていた。

リビングにはゆったりしたソファとテレビが置いてあって、そこで二人で過ごすことが多い。ただミニキッチンとダイニングは、お茶を淹れたり、小腹が空いた時に軽食を食べる程度だった。

「焼き魚の匂いがする。今朝は焼き鮭だ」

シャワーを浴びながら、すん、と鼻を動かす。後からバスルームに入ってきた亜門が、おかしそうに笑った。

「俺にはわからないけど。にゃんこの鼻はすごいね」

「にゃんこって言うな」

数メートル先の母屋から、焼き鮭の匂いがする。今朝はそっちで朝ご飯を食べると言っておいたから、今頃はヴィクターが、二人の朝食を用意してくれているはずだ。

故郷を追放された直後、流可は王家の家を出て、亜門のアパートに身を寄せていた。王家に亜門が引っ越すことも考えたが、ダミアンから「新婚のうちは、別に暮らした方がいいでしょう」と言われた。彼は正しかった。

亜門は毎日毎日、隙あらばエッチなことをする。使用人たちと一緒に暮らそうものなら、あの時の声が聞こえていたたまれない。

彼がこんなにエロエロなドエロ天使だとは思わなかった。亜門いわく、「幸せを噛み締めている」らしいのだが。

流可が亜門のアパートに身を寄せて、数か月経った頃、流可は近所のコーヒーショップでバイトを始めた。

まともに働いたこともない自分に勤まるかと、最初は不安だったが、思ったよりはうまくやれている。清掃や洗い場は普段からダミアンに扱かれているから得意だったし、フード作りも、最初は戸惑ったが今は手際よくできる。接客はまだ少し、苦手だ。それでも、人を堕落させる仕事よりは精神的に楽だし、充実している。

亜門は、人間界にいる天使や魔族のコンサルタント業務、それに元天使と元魔族のためのサポート業を営む事務所を立ち上げた。いつぞやの赤毛の男と提携して、うまく稼いでいるらしい。

その事務所は今、王家の家の裏手、亜門の住んでいたアパートに置かれている。亜門と流可はアパート暮らしをやめ、王家の庭に新しく建てられた離れに住んでいる。ダミアンが二人のために建ててくれたのだ。

基本的には母屋で、みんな揃ってご飯を食べる。母屋のダイニングテーブルには、亜門の席が新しく追加された。

最初の頃は離れで二人きり、イチャイチャ過ごすことも多かったが、最近はだんだんと、食事以外の時間も母屋で過ごすことが多くなっている。

使用人の三人は相変わらずだ。いや、ダミアンが営む不動産業は順調で、彼はこの間、駅前に新しくマンションを建てた。今後も人間界で生きることが決まったので、腰を据えて株式運用なども始めたらしい。

仕事で失敗して落ち込むことはあっても、家に帰れば恋人と家族が待っている。

こんなに幸せでいいのかな、と一年経った今でも時々思う。

「……おい、当たってる」

シャワーを浴びる流可の後ろから、ベッドの中と同じように亜門がぴったりと寄り添ってくる。猫耳や尻尾をいじられ、ゴリゴリ硬い物で尻を押されて、妙な気分になってきた。

「流可のお尻が可愛いのが悪い」

「やめろ、あ……っん」

もうできないと言っているのに、亜門の手管につい流されてしまう。毎朝こんな感じなので、頭が馬鹿になりそうで心配だった。

「本当だ。焼き魚のいい匂い」

バスルームに空いた小窓から、魚を焼く匂いが漂ってくる。亜門も「お腹空いたな」とつぶやいた。

「ご飯が冷めると、ヴィクターが悲しい顔をするから、早くしないとね」

「わかってるなら手を……あ、や」

ぬこぬこと前を弄られ、尻にはペニスを擦りつけられて、朝から激しく身悶えた。

「朝から流可とエッチして、美味しい朝ご飯食べて。こんなに幸せでいいのかなあ」

腰を動かしながら亜門が言うので、笑ってしまいそうになった。彼も同じことを考えていたのだ。

「俺も、同じこと思ってた」

言うと、亜門はぎゅっと流可の背中を抱き締めた。彼の後ろでは、その感情を表すように真っ白な翼がきらきらと輝いている。

「流可がこんなに可愛いなんて、誤算だったよ。一年経つのに慣れない」

「俺は、亜門がこんなにドエロだなんて思わなかった」

「言うようになったよね」

クスッと笑って、流可の性器を扱く手を速める。同時にぬるりと太ももの間に亜門の物

が滑り込んで、そのまま抜き差しされた。

「や、あ……あっ」

気持ちがいい。快感でわけがわからなくなる。

亜門のドエロぶりに文句を言いながらも、毎日が幸せだ。この先もずっと、こんな幸せな日々が続いていく。

恋人の腕の中でぼんやりと、流可はそんなことを思った。

終

あとがき

こんにちは、初めまして。小中大豆《こなかだいず》と申します。当レーベルでは、初めての文庫となります。

このお話は、腹黒天使とネコ耳王子という、人外カップルです。

受は魔界のプリンス、というあらすじを最初に考えたのですが、そこでイメージしたのは『怪物◯ん』でした。お相手はヒ◯シくん……ではなく、腹黒天使。外見は爽やかな美形で実は腹黒、というのがどうやら自分の好みなのだと、今回ようやく気づきました。

そんな亜門《あもん》と流可《るか》を魅力的で素敵に描いてくださった、すがはら竜《りゅう》先生に感謝申し上げます。すがはら先生と、担当さんには今回、多大なご迷惑をおかけしました。ここまでこれたのは、お二人のご尽力のおかげです。本当にありがとうございました。

そして最後に、ここまで読んでくださった皆様、ありがとうございます。

このトンデモラブコメ、楽しんでいただける部分はあったでしょうか。不安は尽きないのですが、少しでも楽しんでいただけることを祈っております。

それではまた、どこかでお会いできますように。

Splush文庫

この本を読んでのご意見・ご感想をお待ちしております。

◆ あて先 ◆

〒101-0051

東京都千代田区神田神保町2-4-7 久月神田ビル7階

㈱イースト・プレス　Splush文庫編集部

小中大豆先生／すがはら竜先生

腹黒天使はネコ耳王子と恋に落ちるか

2018年1月28日　第1刷発行

著　　者　小《こ》中《なか》大《だい》豆《ず》

イラスト　すがはら竜《りゅう》

装　　丁　川谷デザイン

編　　集　藤川めぐみ

発 行 人　安本千恵子

発 行 所　株式会社イースト・プレス
〒101-0051
東京都千代田区神田神保町2-4-7 久月神田ビル
TEL 03-5213-4700　　FAX 03-5213-4701

印 刷 所　中央精版印刷株式会社

ISBN 978-4-7816-8612-7
定価はカバーに表示してあります。